セザンヌの犬

古谷利裕

いぬのせなか座

セザンヌの犬　もくじ

「ふたつの入り口」が
与えられたと
せよ

双方から振動が伝わる。顎の関節が動いているようだった。わたしは自分が何かを喋っているらしいことを知る。耳を澄ますが声はよく聞こえない。

入り口は二つあるはずだ。あなたはそう確信する。だが自分が何故そう思うのかは分からない。後ろ側の入り口はまだ一度も見たことがないのだ。しかし確信は揺るがない。あなたはその一方から部屋に入ることとなる。

あなたはそこに住んでいるが、間取りの半分しか使っていない。普段使っている方を前側の間取りとして把握している。そこにさらに空間が付け足されていた。だから広かった。前側を、手袋を裏返すように反転させた間取りが後ろ側に付け足されているのだ。どうしてそちらが「後ろ側」なのかは分からないが、後ろ側だった。だからフロとトイレも二つあり、後ろ側にある方のそれは、そこにそれがあることを前側のフロやトイレを使いながらいつも意識していたが、実際にはほとんど使われないのだ。

一人で寝ていた。そこで寝る時はいつも一人だった。一人暮らしをはじめて二十年以上経っても、一人で寝ていることそのものが恐怖であるような時がある。朝がくるまで、たとえ何が起こったとしても、そこに一人でいなければならない。そのような恐怖によって目が覚める。夢のなかでも、あなたはそのようにして目が覚めた。後ろ側の空間の方向に、何か嫌な気配があった。無視したかったが、出来なかった。起き上がって、部屋を斜めに横切り、あなたは後ろ側の空間につながる引き戸をあける。薄暗く、がらんとして、ひんやりした空間がある（後ろ側の最初の部屋だ）。あなたはその時に、まるではじめてその部屋に気づいたかのように「そこ」を新鮮に感じる。まだ、こっちにも余裕がある。自分の住処の、あらたな可能性を発見した気がする。後ろ側のフロ場から、ちょろちょろと水が流れる音がしている。こっちのフロはしばらく（ほんとうに長い間）使ってないはずだが、前回の蛇口の閉め方が甘かったのか。たまには、こちらのフロを使うのも気分がかわっていいかもしれない。何故今まで、こちらのフロをほとんど使わなかったのか。あなたは「後ろ側」のフロの存在に上機嫌になったが、嫌な気配は消えていなかった。最初の部屋よりも、さらに暗くてひんやりした、かすかに水の気配の漂うフロの方へと向かった。そこからは見えていないが、（暗闇のなかで）蛇口から垂れる水滴と、水滴を受け止める水面とがはっきりイメージされた。フロ場の手前にトイレがあり、フロ場までは二メートルくらいの廊下を進まなければならない。廊下へ出るため、後ろ側の最初の部屋を横切った先の引き戸に手を掛けようとしたその時、あなたの手がそこに置かれるより一瞬はやく、向こう側から現れた別の手が戸を開けた。すぐに消えたが、暗いなか、その手ははっきりと見えた。あなたは強い恐怖に襲われたのだ。しかし先に行かないわけにはいかなかった。

廊下をすすむと、フロ場の前に大きめのバケツが置かれていて、そのなかに三体の人形が逆さに水に浸されていた。それを見たあなたは、自分が過去に三人の子供を殺したのだという、今まですっかり忘れていた記憶を、天啓のように明確に、間違いようのない決定的な事実として思い出してしまった。事実かどうかと関係なく、明確な記憶そのものが、どこかからやってきて注入され、その時あなたに刻まれてしまった。一度思い出してしまったからには、もう二度とその記憶から逃れることが出来ないということも、同時にはっきりと悟った。こんなことは決して思い出したくなかった。しかし思い出してしまった。もう取り返しがつかない。恐怖のような激しい絶望に、あなたの全身が満たされてゆく。

下腹にきゅーっとした痛みがはしり、とつぜん激しい便意を感じた。あなたは、自分が感じていた嫌な気配が後ろ側の空間に起因するものではなく、内臓から発したものが後ろ側を経由して自分へともたらされたものだったと認識する。そう思うと、先ほどあれだけ決定的だと感じた殺人の記憶が空々しいものとなる。乾いた砂のように崩れる。しかし、ことは緊急を要する。長く使っていない後ろ側のトイレのドアを開いた。カビじみて湿ったにおい。だがそこには便器はなく、古く錆の出たフライパンが置かれているだけなのだ。

子供たちが走っている。あなたはとつぜんそれを知る。一人、二人、三人と数えはじめる。あなたにはそれが見えているわけではない。しかし手に取るように分かる。四人、五人、六人。だが、もみ合うようにじゃれているので上手く数えられない。たぶん、六、七人だ。あなたはズボンを下ろしてフライパンの上にまたがる。子供たちはどこにいるのか。あなたの頭の中なのか。それとも上の階の住人なのか。あなたは上から伝わってくる振動を子供たちの足音として聞いているのか。そうではない。子供たちは川べりにいるようだ。黄土色に枯れた芝生が蹴り上げられて散らばっている。あなたはほとんど液体である便を、フライパンのなかに、こぼさないよう、跳ねが飛ばないように気を付けて排泄する。破裂音。フライパンのなかに茶色い液体が溜まる。もう一度炸裂音。そうしながら、川べりの子供たちの人数を数え直してみる。

七人だった。男の子が一人、群れから飛び出して土手を駆け下りる。足をひっかけて転ぶが、すぐに起きてまた川に向かって駆けだす。そのあとを、二人の男の子が追いかける。七人のなかでは一番年下であろう小さな女の子が、その二人につづく。残りの、女の子二人と男の子一人は土手の上からそれを見ている。土手の三人の後ろを自転車が通り過ぎた。自転車はしばらく先で乳母車を押す女性と行き当たる。自転車を止めて、降り、立ち話をはじめる。しゃがんで乳母車のなかに話しかける。最初に駆けだした男の子は網を持って川面を覗き込んでいる。後につづく二人は黄色と黄緑色の小さなバケツを持ってそこに追いつく。孫が投げたゴムボールを、おばあちゃんがプラスチックバットで打つ。その逸れたボールが四人目の女の子の足元に転がる。

女の子は一度通り過ぎ、戻ってボールを投げ返す。そしてようやく川までたどり着く。女の子は川面に空が映っているのを見ると、はっとして空を見上げる。まんべんなく薄い雲がかかり、全体がぼわっと白く光っている。高いところに凧が揚がっている。凧を揚げているおじさんは土手にいる。土手の三人はそれに気づいている。三人はおじさんの傍らまで近づいて空を見上げていた。おじさんは白い帽子を被っている。イヌが吠えた。黒くてくしゃくしゃっとしたイヌだ。

あなたは、トイレに紙がないことに気づいた。

土手の三人はイヌに気を取られた。黒くてくしゃくしゃっとしたイヌを連れた若い男は、しばらく三人にイヌをかまわせてあげていた。男の子三人は靴と靴下を脱いで川に入り、魚のいそうな深みを足先で探ったり、大きな石をひっくり返したりした。川べりの女の子はまだ空を見上げている。凧はどんどん高く、どんどん小さくなってゆく。凧をずっと見ていると、そのまま凧と一緒に自分自身も消えてしまいそうに感じた女の子は、あわてて視線を、ずっと男の子たちの声が聞こえてきていた足元の方へ落として川を見た。川面には真っ青に晴れた空が映っていた。くらくらっとめまいがして、上下が逆転し、女の子は空の上へとみるみる落下しはじめた。川の中の三人も土手の三人もすぐにそれに気づいたが、どうすることもできなかった。だがあなたは、後ろ側のトイレにしゃがんだままでゆっくりと手を伸ばし、落下する女の子の手を摑むと、ぐいっと引き戻し、そのまま自分の部屋に連れ帰った。その女の子がわたしで、そのようにして、わたしはあなたの部屋にやってきて、あなたとわたしは姉妹になった。あなたは、トイレットペーパーを取りに行かせるためにわたしをここに連れてきた。

あなたはトイレの後手を洗わないので、食事はわたしが運ぶこととなった。台所で既に出来上がっている料理を皿に取り、それをもって階段をのぼる。それはすべて魚料理だった。しかし、階段の途中でふと気づくと、階段には料理がだらしなくばらまかれ、手元の皿には何もなくなっている。わたしにはそれをこぼしたという自覚がない。またあの男だ。わたしはそれをあの男がやったことだと思い込み、人のせいにする。あなたを呼び、またあの男が粗相をしたとさんざん愚痴を言ったあげく、片付けはあなたにやらせる。あなたはわたしとおそろいのリボンをつけ、おそろいのスカートを穿いて片づける。最初に皿に取った時は自分たちで食べるためだと思っていたが、実は料理はそもそもあの男のもとに届けるためのものだったと思い直す。二階ではあの男が熱心にテレビを見ていた。テレビ画面に映っているのは、あの男自身がテレビを見ている映像だ。どこかにカメラがセットされているのだろう。しかしこの男にはもう、自分が何を見ているのかも分からないのだ。映像が、わたし自身がテレビを見ているというものにかわる。しかしこの男は、それすらも理解できていないようだ。お前に与える今日の食事は既になくなったと宣言しても、この男はその言葉を理解してはいない。

ここで男は、あの男とこの男とに分裂する。もしかすると一方はテレビ画面のなかから出てきたのかもしれない。しかしそんなことではわたしの男たちへの憤りの感情が分散されたりはしない。わたしにはこの男たちの存在そのものが気に障る。それは自分ではどうすることもできない感情だ。感情というよりも、感情を可能にするその下地、感情が書き込まれるその支持体が、男たちへの憤りでできている。だが、男たちがそれを理解することはないだろう。本当にもう何も分からないのだ。

実際、男たちの目には物事の明確な像は結ばれることがなく、ただ茫洋とした白い光の濃淡と、ゆらゆらと動く影が映るのみだった。二人の男たちが見ている二つのわたし、あるいは、四つの目によって見られている四つのわたしは、白く茫洋としたひろがりのなかで揺れているかすかな影に過ぎない。影となったわたしの発する言葉は、たんなる騒音であり雑音に過ぎず、そもそもそれが意味の込められたものであることができなくなる。それが声であることさえできなくなる。そのようにして、男たちの前でわたしは消えてしまう。

白く茫洋としたひろがりのなかにある男たちの二つの肩、二つの足、そして二つの目は、それぞれが固定的なペアである必要がなくなる。男1の右目と男2の左目、男1の左肩と男2の右肩、男1の右足と男2の左足とがそれぞれペアを組み、あらたな身体が出現するかもしれない。例えば、ペアとなった男1の左肩と男2の右肩の距離は、離れたりくっ付いたりして自由に伸び縮みするのだから、男1の右肩と左肩との距離だってもとは伸びたり縮んだりできたのかもしれない。もはや、男1の右の鼻の孔と男2の左の鼻の孔という虚のペアさえ出現しそうな勢いだ。そのようなペア化の流れのなかで、二つの男性器までもがペアとなって、一組としてあることを宣言するかもしれない。

そんな空間の無秩序のなかでは、わたしは影としてさえ存在することができない。だが、わたしが消失するとしても、わたしのもつ男たちへの憤りのすべてが消えてしまうことはない。あまりに自由であまりに弛緩した男たちの空間のなかに、残存したわたしの憤りが歪みを生むであろう。実はそれこそが、男たちへと捧げられた食物である。男たちは残存するわたしの憤りである歪みを喰らう。噛み千切り、すり潰し、飲み込み、喰らい尽くすはずだ。そしてそれを下痢便としてもともと空であった皿の上へと排泄する。皿はあなたの手によって回収され、仏壇に供えられる。便として再び生まれたわたしは仏壇のなかであなたの便の入ったフライパンの隣に並べて置かれる。

二階の男たちは食事と排便を済ませて眠りにつき、夢を見ているのだ。夢のなかではまだずいぶん若く、知らない土地で就職したばかりであるようだった。会社の寮のような部屋で目覚めて、ベッドのシーツを外すと死体が二体横たわっている。入社してからずっとこの二つの死体の上で寝ていたのか、と思うのだが、その事実に対して違和感を覚えつつも、何か妙な思考の筋道で納得し、そのまま会社に出かけてゆくのだ。会議は退屈だった。ある荷物を、ある場所から別の場所へと移動させるのだが、その間のどこかで、外からは分からないように中身だけを入れ替えなければならない。そのために、最も確率が高い方法を選択すべきか、最もコストのかからない方法を選択すべきかで意見が割れ、双方が堂々巡りの議論を延々とつづけていた。天井の高い会議室の、その壁の最も高いところに窓があり、全開になっている。会議室は半地下になっているらしく、窓の外は地面の高さになる。外はおそろしく良い天気で、切りぬかれたようにくっきり見える。真っ青な空と数本の杭と張られた鉄条網が見え、鉄条網に黄色いビニールテープが引っかかって、風でゆらゆら舞っているのが見える。そして、その光景を前にも見たような気がするのだ。それどころか、それは何度も何度も繰り返し見ているもののように思われてくる。そして、結局、いくら必死に逃れようとしても、必ずここに戻ってきてしまうではないか、ということに気づくのだ。

がたん、と音がしてベッドが傾く。寝ている男たちが床へと転げ落ちる。男たちの寝ているベッドの脚の片側だけがとつぜん短くなったのだ。これはよくあることだった。だから男たちはこんなことで動じることはなく、そのまま眠りつづける。

その衝撃が胸のざわめきとなってあなたは夢のなかで目を覚ます。目を閉じたままで目を覚ます。目を閉じたままでも、わたしの幽霊がベッドの脇にいてあなたを覗き込んでいるのが分かる。目を閉じたあなたの視覚はわたしの視覚とつながっていて、あなたにはわたしが見ている目を閉じて横たわるあなた自身が見えている。仏壇に供えられた皿のなかの茶色く濁った液体がかすかに震えているはずだ。それがあなたには分かる。もちろんその時、わたしは下痢便としてしか存在しておらず、わたしにもわたしの幽霊にも意識はない。だけど幽霊には姿があり、そして視覚があった。目を開いて、あなたはわたしを見た。

男たちの夢はつづいている。学校にいる。生徒でも教師でもなく、用務員等の、そういう立場であるようだ。あるいは、何者でもなく、ただそこにいる人だ。猛暑で、生徒たちは皆へばっている。午後の水泳の授業の後のような雰囲気に浸されている。とつぜん、ホースを使って水を撒こうと思い立つ。教室にも、廊下にも、グラウンドにも、丁寧に水を撒き、少しずつ水浸しにしてゆく。一通り水浸しにし終えると人影は消えていた。自分自身も消えていた。グラウンドではただ、イヌが何匹か、水たまりで戯れている。太陽はなお強く照っている。空き缶や筆箱やノートやはさみや定規などが、散らかっているというより、意図的にそう配置されたみたいに水たまりに浸かるように散らされてある。強い日の光に照らされたそれらは、水のなかで涼み、持ち主から切り離されて安らっているようだった。男たちは、自分がそれら空き缶や筆箱によって見られた夢であるように感じている。

子供たちが走っている。わたしはあなたの目を通じてそれを見ている。いや、わたしはそれを見ているが、あなたは見ていないかもしれない。見る、というのとは違うやり方で感知している。仏壇の上であなたとわたしは並んで置かれている。あなたの振動がわたしに伝わり、それでわたしにも見えるのだ。子供たちが走っている。七人いる。川べりの道をもみ合うようにはしゃぎながら走っている。自転車に乗った中年女性が通りかかり、子供たちを避けようとしてバランスを崩しかけるが、もちなおして、よろよろしつつ走り去る。しばらくするとまた、同じ女性が同じ方向から自転車でやってきて、子供たちを追い抜いてゆく。子供たちは走っている。まだ目的地には着かないようだ。するとまた、同じ女性が同じ方向から来て、抜いてゆく。子供たちも女性も、同じところをぐるぐるまわっている。トラップにはまってしまったのだ。それに気づくことができていない。

それはトラップだ、気づきなさい。そう願う。わたしは視覚だけでなく意識をもった。だがこの願いもまた、あなたから伝わったものにすぎないかもしれなかった。子供たちはまた自転車に追い抜かれる。

気づきなさい。さらに強く、そう願う。七人のなかでは一番年下であろう小さな女の子がふと立ち止まった。他の子供たちは走りつづける。女の子の前を自転車が通り過ぎる。女の子は立ち止まったままだ。すると、六人の子供たちが女の子に追いつき、追い抜いてゆく。軽く首をかしげると、女の子の口が大きく開かれ、その奥に真っ暗な闇があらわれる。開かれた口を起点として、靴下をひっくり返すみたいにして、女の子の内側と外側とがくるっとひっくり返る。ひっくり返るのは女の子だけではなかった。それにつられて、背景の空間全体、堂々巡りの川べり全体も裏側へとひっくり返った。

わたしは川べりの道を歩いている。二人の兄と、二人の兄の友達、そしてわたしの友達とその姉と一緒に。兄の持つ黄色いバケツのなかにはフナとオタマジャクシが、兄の友達の持つ黄緑色のバケツのなかにはザリガニが入っている。わたしの友人の姉が、凧を揚げていたおじさんからもらったキャラメルをみんなに配って、家に帰る前に食べてしまわないとまたおかあさんに叱られるからと言う。橋のたもとで友人たちと別れ、わたしと二人の兄は橋を渡る。河原にいるより橋の上の方が川のにおいを感じる。橋を渡る時わたしはいつも、端っこから落っこちることを想像してしまう。橋から落っこちる夢はよく見る。急いでいるのに何度やってもどうしても途中で落っこちてしまう夢や、もう少しで渡りきるところで、あ、落っこちるな、と思って落っこちる夢。この橋は足元が凸レンズのように真ん中が高くて弧を描くように端っこが低くなっている。この形が落っこちるイメージを誘う。そもそもこのような形の橋を難なく渡りきってしまえることの方がおかしいのだと思えてくる。だから落っこちることは必然であり、逆に、何故わたしたちは落っこちることができないでいるのかと考えるようにさえなる。落っこちることで頭がいっぱいになる。橋の上にいるのか落っこちているのか分からなくなるくらいに。

家に帰ると兄たちは早速、フナとオタマジャクシを縁側の大きな水槽に移す。縁側には、ミドリガメのいる小さな金盥もあった。わたしは自分の部屋へ行くために階段を上ろうとして、階段の場所を知らないことに気づいた。しかし、もともとわたしの家が平屋であることまでは気づかなかった。だから、しばらく探して階段を見つけたわたしは、いきおいよく二階へのぼっていった。

わたしはいつも、自分の部屋へは後ろ側の入り口から入る。前側にも入り口があることは知っているが、見たことは一度もない。わたしの部屋は六畳一間のはずなのに、後ろ側から入る時と前側から入る時とでは別の場所に繋がっているようだった。だから、わたしは、わたしの部屋を、いつも前側から入ってくる人と一緒に使っているのだけど、その人とは一度も会ったことがない。でも時々、タンスや机の引き出しを開けようとすると、向こう側から閉められてしまうことがある。きっと、わたしがそうした時にその人もまったく同じことをして、タイミングがぴったり合ってしまうとそうなるのだと思う。その時、ちらっとその人の手の影が見えて、影が手袋みたいにくるっとひっくり返るのが見える。

あなたは、どうやらわたしの存在には気づいているようだが、わたしのことを見えてはいないようだ。しかし、わたしにはあなたがよく見えている。あなたは、兄たちや友人たちと河原に行き、兄たちが魚を捕るのを見ていた。実はわたしも、同じ時、同じ河原で、兄たちや友人たちと魚捕りをしていたのだ。わたしはあなたとまったく同じ場所から、空や魚を捕る兄たちを見ていた。だけどわたしはそこで、宙を踏み外して空の方へと落下してしまったのだ。だからもう、わたしはあなたの居るその部屋には居ない。わたしは消えてしまった。

あなたは、わたしが消えてしまった後のあなたとわたしの部屋へと、とんとんとんといきおいよく階段をのぼってやって来て、後ろ側の入り口から入った。ポケットのなかにはまだ、友人の姉からもらったキャラメルが二粒入っている。おかあさんに見つからないうちに食べてしまわなければ、とあなたは思う。一粒を口に入れると、タンスのなかから手袋を取り出して、それをくるっとひっくり返し、そのなかにもう一粒のキャラメルを入れてタンスに戻す。それはきっとわたしにくれたものなのだろう。でももう、それではわたしに届かない。

逆立ちしてみて、とあなたに向かって声をかけようとしても、消えてしまったわたしの言葉は空気を震わせることができない。キャラメルをわたしに届けるには、あなたが逆立ちして、キャラメルも逆立ちさせてみて。もう一度、強い思いを込めて言葉を伝えようとする。でもそれは、声どころか風にもならない。それでも、あなたは何かを感じたようで、しきりにきょろきょろと周囲を見回しだす。そして、机の上にあった筆立てを逆さにしたり、教科書とノートを裏返しにしたりしはじめる。立ち上がって、座っていた椅子を逆さにし、本棚の本を上下逆に入れ直したりもする。そしてあなたは、聞き耳を立てるように眉間に皺をよせて目を閉じる。腕組みをして、首をかしげる。ゆっくりと目を開いて、空を仰ぐように上を向いて天井を見る。するとあなたはそこに、天井から逆さまに立っているあなた自身の姿を見る。逆さまに立つあなたの姿は、あなたに向かって、はっきりとした声で言う。あなたが逆立ちして、キャラメルも逆立ちさせてみて。

逆立ちしたままで、というわけではないが、あなたは外へ出かけていった。キャラメルはわたしのもとに届いた。しかし、消えてしまったわたしにはそれを食べることはできない。あなたは歩いている。あなたの歩くところはすべて道である。これは、あなたは道しか歩かないという意味なのか、それとも、あなたの歩くところはすべて道になるという意味なのか。とにかく、あなたが歩いているのは道である。

「く」の字に曲がった緩い下り坂を歩く。突き当たりを右に曲がると、十メートルほどの短い急な坂で、そこをのぼる。すぐに、丘沿いの、丘のふくらみの形に蛇行して延びる道に突き当たる。左に曲がる。すると、右手が上り斜面で、左手が下り斜面となる。上り斜面方向が南で下り斜面方向が北である。この道を東の方向へ進むこととなる。道の途中には道祖神の祠がある。このあたりにはあちこちに似たような祠があり、お地蔵さんがいる。祠にはいつも、真新しい人形や子供のおもちゃが供えられている。祠を過ぎるとすぐに、もう一本の道が十字に交差している。そこで右手に向きをかえると、少し先に、丘の頂上までまっすぐにつづく長い長い階段が見える。あなたは、とにかく上の方へと行きたいと思っているのだ。

一段、二段、三段と、あなたは階段を数えながらのぼってゆく。中ほどの踊り場で一度立ち止まる。そこまでで百三十五段あった。振り返って下を見ると、階段からつづく一本道がずっと駅の方まで延びている。空間がねじ曲がって遠くがせりあがっているように感じる。再びのぼりはじめる。百三十六段、百三十七段……。二百七十一段目を数えた時に階段は途切れた。

　そこにあるのは平らな土だ。その下には雨水を溜めておくタンクがあるはずだった。あなたは、ずっと先までひろがる土の平面の上に立っている。一歩踏み出す。土はしっかり固められている。アスファルトとは違う硬い感触が足に返ってくる。二歩、三歩……、七歩目を踏んで止まる。土は、空から降ってくる光を受け止めて茶色く反射している。その光はあなたの周囲にある。あなたは上を見ない。空を見上げる必要はないと思っている。この土のひろがりこそが空なのだと思う。あなたは空に立っている。しかしそれはとても危険な考えだ。下手をするとあなたまで空へと落下しかねない。しかしあなたは大丈夫なのだ。わたしはそれを知っている。

もう充分だ、と、あなたは思う。階段まで戻る七歩を再び踏みだす。だが、三歩目から四歩目を踏みだす時に、手に持ったリュックを背負い直すようなしぐさをするのだ。勿論、もともと手に何ももってはいない。あなたが背負ったのはあなた自身であった。階段まであと一歩というところで、背中を軽くゆすっておぶった自分を安定させると、あなたはあなた自身の体温を背中に感じ、重さを腰から足に受け止めながら、また二百七十一段をおりてゆく。

わたしは、あなたの夢を見ている。あなたの見た夢を見ている。あなたの夢を夢見ている。なぜあなたなのか。激しい憤りが震えとなって現れる。仏壇の上、皿のなかの茶色い液体が振動している。これは、隣りのフライパンの液体の振動の影響ではない。

目が覚めるとまだ昼間で、外は明るく、つけっぱなしのテレビにはニュースが流れていた。眠っていたのは十分くらいだった。夢を見ていた。

目覚めたのは茶の間だった。縁側との境の戸が開かれ、水槽が見えた。家のなかからはテレビの音しか聞こえなかった。あなたは、兄たちはまた出かけたのだと思う。家にいるのはあなた一人なのだ。さっき捕ってきたフナと、前からいるフナとは、水槽に入れてしまえばもう見分けがつかない。三匹のフナとたくさんのオタマジャクシが泳いでいる。あなたは、畳の上にべったり寝そべったままそれを見ている。あなたはさっき、空の上に立っていた。勿論それは夢ではない。そして、あなたはあなた自身を背負ってここまで降りてきた。それも夢ではない。あなたはそのことを考えている。水槽も、そのなかの水もきれいに澄んでいた。きっと、フナを入れるついでに兄たちが掃除をして水も入れ替えたのだ。兄たちはどこへ行ったのだろうか。

あなたはそのようにして、何度もこの場所で目覚めた。何度も、今、目覚めた。何度も、きれいな水槽と水を見た。三匹のフナとたくさんのオタマジャクシを見た。あなたはそのことを思い出した。これは揺るぎようのない事実だと思った。それは恐怖だった。でも次の瞬間には、そんなことは幼稚な思いつきに過ぎないように感じられた。あなたはゆっくりと起き上がって縁側に近づいた。水槽のポンプの音が聞こえ、水のにおいがした。庭に射す日の光はすこし傾いていた。水槽の隣にはミドリガメを飼うための金盥がある。あなたはそのなかを覗き込む。ミドリガメを見る。そしてわたしも、あなたのことを見返した。目が合ったはずだ。わたしはミドリガメだった。

眠ってばかりいるのはベッドが無駄にたくさんあるせいだ。この部屋にも、使っていないスチール製のベッドが三つ、部屋の隅で場所を塞いでいる。そのうちの一つは骨組みだけだった。数えたわけではないが、ほかの部屋にもまだずいぶんあるはずだ。十や二十ではきかないのではないか。いつも使っているベッドはそれらとは別にあり、二段ベッドだった。二段ベッドの上の段で寝ていた。しかし最近、このベッドの安定がすごく悪くなった。片方に傾いていて、いまにも倒れそうなのだ。よく見てみると、それもそのはずで、四本あるはずの脚が片側の二本しかない。しかも、その二本の脚の先端からコンセントの先のような金属のでっぱりが二本突き出てさえいる。とはいえ、いままではこれでずっと安定していたのだ。この場所に置かれるずっと前、親戚の家にある時からこの状態であるはずだった。しかし今では、ベッドの上に上るのさえ困難だ。足をかけただけでこちらに倒れてきそうになる。なのに、気が付くといつの間にかこのベッドのなかで妹はすやすやと寝息をたてているではないか。

上には空がある。空があることを意識するのは、なにも上を見上げるということだけではない。地上で上から降ってくる光を見ることでもある。空があって地面がある。上があって、下がある。地上には重力がある。そして地面には起伏がある。上から注がれる光は散らばる。

空気のなかで散らばり、ものに当たって散らばる。地上には空気がある。空気には温度があり湿度がある。ホコリやチリや花粉も混じっている。温度や湿度は空気を動かす。大きな空気の流れは天気を動かす。小さな空気の流れは山や建物に当たって方向をかえる。坂道をのぼる時に見えてくる空。くだる時に見えてくる空。体勢の違い。重力と身体の関係。歩く時は前を向く。前があって、後ろがある。右を見る。左を見る。右があって、左がある。空間と身体の関係。角を曲がると景色がひらける。光がひらける。歩いていると空気がかわる。温度や湿度がかわる。光がかわる。日が暮れてゆく。

ライオンと無限ホチキス

みんなが一斉にしゃべりはじめたので、誰が何を言っているのか正確には誰にもわからなかったし、木の葉が風でこすれ合う音との区別さえ、きっとつかなかっただろう。だけどわたしは一人で眠っている。
「ぐー」「すー」「ぐー」「すー」「ぐー」……

あなたたちの住む二階の部屋の窓からは大きなケヤキの木が見える。ケヤキは四階建てのその建物よりも高い。いくつかの建物がケヤキを囲むように建つ。あなたたちの部屋の窓からだとケヤキに隠されて死角になる向かいの建物の一階は、表に向いた面がガラス張りになっている。あなたたちの部屋にいる誰かが窓のガラスに掌をあてたとすると、冷たさが掌から腕へと伝ってきただろう。外は雪が降っているのだ。

するとたちまち、その誰かは向かいの建物のガラス面の前に立っている。掌は、ガラス張りの入り口にあてられている。冷たさは首筋にまで達している。腕にぐっと力を込めて扉を押すと、ちりんと鈴の音がして扉が開く。暖房で温められた空気が漏れ出てくる。鈴は来客を告げるもので、普段は奥のオフィスにいるスタッフが音を聴いて顔を出すはずだ。そこはギャラリーだった。もしそこで手をガラスに当てたまま力を込めずにいれば、すぐに再び、あなたたちの部屋に戻っている。その時、肩は雪で少し濡れている。

ギャラリーに入るとすれば、そこに大小ふたつの直方体が立っているのが見える。三十五センチ×三十五センチ×百二十五センチのものと、三十センチ×三十センチ×百十五センチのもの。小さい方の直方体の上に卵が一つ置かれている。つまり直方体は「台」なのだ。台というのは概念で、形としては直方体。台は黒くて、光沢があり、表面は可能な限り滑らかに磨かれている。漆塗りのようにも見えるがＦＲＰ（ガラス繊維強化プラスチック）で出来ている。卵も同様にＦＲＰでつくられた偽物だ。黒いこと、滑らかであること、直方体であることで、一見それは自己完結した物体のように見える。しかし「台」であり、そうである限り、上に置かれるべき物との関係によって台なのだ。台は、物が置かれる上面が内側から水が溢れてこぼれ落ちる寸前くらいに（表面張力の形に）わずかだけ盛り上がっている。黒光りする滑らかな表面は室内を反映するし、直方体の前にいる誰かも反映する。

台とは展示台で、それは本来、自分が見られるためにあるのではなく、その上面に置かれる物を見せるために、その条件として存在する。

だがここでは、台それ自体が作品だった。だから、台が台でありつつ、見られるものとなるため、一方の上に卵が置かれ「台である」ことが示され、その傍らに、同様な直方体がもう一つ置かれる。ふたつの台は、互いに役割を反映し補い合う。その配置によって、見られるべきは、（卵であるより）台であると分かる。

だから、上に何も置かれない「純粋な台」の方がやや大きく、強調されている。

あなたたちがいなくなって何年になるだろう。あの日、ギャラリーのスタッフは鈴がちりんと鳴るのを聞かなかった。あの黒い台は、その滑らかな表面にあなたたちを映すことはなく、ただ、ガラスの外を降る雪だけを映していた。起こしに来てくれる人たちを失ったわたしは、あれからずっと眠りつづけている。

　あなたたちの部屋の、ケヤキの木が見える窓と反対側の、ベッドの枕の上辺りの天井近くに作りつけられた戸棚のなかには小さなライオンがいることをわたしは知っている。ライオンは昼間眠っていて、夜の間じゅう、戸棚のなかを円を描くようにぐるぐるとまわっている。小さくてものっしのっしと威厳をもって。あなたたちが消えた後も、その習慣はつづいている。だけど、わたしはすべてを知っているわけではなかった。あなたたちが消えてしまった二週間後に、それまでのライオンとそっくりな別のライオンにすり替えられていたことまでは知らない。そのライオンを、二頭目のライオンと言ってよいのかどうかも分からない。戸棚のなかのライオンのすり替えは、これまでも何度も繰り返されてきたことかもしれないからだ。間違いがないのは、それらのライオンがすべてそっくりであることと、どのライオンも、昼間は眠っていて、夜の間じゅうずっと、ぐるぐる歩いているということ、戸棚の外へは決して出ないことだった。

　もう一つわたしが知っているのは、ベッドの足元に位置するドアから出たキッチンの、テーブルの上に置かれたコーヒー豆挽きの湾曲したアームが、三日か四日に一度くらいの間隔で、四、五回くるくるっと自動的に回転することだ。そして、アームが回転すると必ず、どこからか積み木が倒れたくらいの小さな音が、コトンと聞こえてくる。

　あるいは、彼女は物知りだと評判のギャラリースタッフのAならば、あなたたちのいなくなった部屋についてもっと多くのことを知っているかもしれない。たとえば、洗面台の棚に置かれているはずのカミソリが、時々きまぐれに、キッチンのシンクにぽつんと置かれていることがあり、その時には必ずシンクに水が張られていて、つまりカミソリの水没が起こる、とか、水切りケースに入れて洗面台とキッチンの流し場との両方に置かれている石鹸が、正確に五十七時間と三分三十三秒に一度入れ替わる、とか、その時、きわめてかすかにではあるが、洗面台にはコーヒーの香りが、キッチンには歯磨き粉の香りが、ふわっと漂うのだ、とか、そういうことを。

ギャラリースタッフのAは、あなたたちが消えてしまった後もギャラリーで働いている。ギャラリーからは、ケヤキの木に隠されてあなたたちの部屋の窓は見えない。それにそもそも、Aはほとんど奥のオフィスにいる。

ギャラリーは水曜が休みなので、水曜にはガラス戸を押しても開かないし、鈴もちりんと鳴らない。普段は、Aともう一人のスタッフが切り盛りしていて、社長は週に一度と展覧会のオープニングにしか顔を出さない。精力的に飛び回っていると言えば聞こえはいいが、そうしなければならないほど経営は厳しいのだ。Aはあなたたちと面識はないはずだが、あなたたちのことをよく知っている。あなたたちとAとの初対面となるはずだったあの瞬間より前に、あなたたちは消えてしまった。奥のオフィスで事務仕事をしながら、Aはしばしばあなたたちのことを考える。そうするとどうしても手が止まってしまうし、ぼんやりしてしまう。そして時々、もう一人のスタッフからやんわりと注意される。

全体に無機質でさっぱりしたオフィスには似合わないが、壁には鹿の首の剝製が飾られている。それは社長の趣味で、社長自身が海外で仕留めてきたものだ。鹿は四本の角をもつ。内側の二本は軽く弧を描いてシンプルにすっと伸びている。外側の角は木の枝のように枝分かれして、大きく外側へとひろがっている。威嚇するように拡張する角とは対照的に、鹿はつぶらな瞳をしているし、鼻面の延びた顔からは攻撃性が感じられない。それとそっくりな鹿が、社長の家にももう一頭いる。これは公然の秘密というか、誰もが知っているのだが誰もあえてそこには触れないという事実なのだが、Aは社長と同棲している。だからAは、家に帰ってもそれとそっくりな剝製を目にすることになる。オフィスでも家でもAはそれをずっと目にしつづけ、時にじっと見つめるが、決して飽きることはない。

ギャラリーには今、ありふれた路地をそっくりそのまま再現するという作品が展示されている。鈴を鳴らしてガラス戸を入ると、工事で何度も掘り返されて何度もいい加減に舗装されたような、かさぶた状に凹凸のあるアスファルト敷きの細い道があり、両側にブロック塀や生け垣があり、トタンづくりの物置があったり空地があったりする。トタンは空よりも鮮やかな水色だが、ところどころ色が剝げ落ちている。空地にはきちんと土が盛られているし、雑草も生えている。ブロック塀が途切れ、そこから飛び石で玄関へつづく小さなスペースには、たった今乗り捨てられたかのようにして子供向けの小さな自転車がハンドルを傾けたまま置かれ、竹で粗雑につくられた仕切りの柵の向こうは、枯れかけた植物が植えられた花壇になっている。道の隅には側溝が掘られ、ブロック状のフタが閉じているところと開いているところがある。側溝の脇には苔も生えている。

路地は少し先で左に曲がっていて、曲がり角にはオレンジ色の丸いミラーが立つ。正面に見える古い木造の平屋の家の前の塀には、上下三枚ずつ、合計六枚、地元の政治家のポスターが貼られている。その角を曲がったところでギャラリーの空間は終わるのだが、実は、もっと先まで行けるのだ。それがこの作品のキモだった。角を曲がると、道は路地よりも広く開けてずっと先までまっすぐにつづいている。交差する道もあるし、人も歩いている。車をやり過ごして横断歩道を渡ると、弁当屋があり、アパートがあり、酒屋がある。電信柱もあるし電線も通っている。かなり先に踏切が見える。散歩を楽しむようにゆっくりと進んで、踏切の手前まで近づくと、唐突に警報音が鳴り出し、それまでずっと開いたままだった踏切のポールが、見つめ合う相手の瞼が閉じられるようにして、ゆっくりと閉じられる。そしてそれは二度と開かないだろう。

眠っているわたしの目からはずっと涙が流れつづけている。泣くことは、悲しみであり苦しみであるだけではなく喜びなのだ。泣くことそのものの心地よさが、眠るわたしに涙を流しつづけさせている。やわらかくてあたたかいものから、背中を、とん、とん、とん、と叩かれるのを感じている。

目から零れつづける涙は、顔の側面を通っていったん耳たぶに溜まり、そこから溢れて髪を濡らした。濡れた髪は黒く輝いた。その水分はゆっくりと枕に吸収され、その下の布団やマットレスに吸い込まれてゆく。涙はさらに、螺旋形をしたベッドのスプリングをその形に沿ってくるくる回りながら伝って、一滴、また一滴と、時間をかけて床に落ちてゆく。床は、ビー玉を置くと転がるのではじめて気づくくらいに緩く傾斜している。涙の粒は低くなっている北の方へと流れてゆく。その水は北側の隅に設置されたホースからポンプによって吸い上げられ、別のホースを通って洗濯機のなかに溜められる。洗濯機は水が一定の量に達するとスイッチが入り、洗濯物がないままで自動的に回り始める。ずいぶん古いものなので振動が大きく、それはわたしのベッドを震わせるほどだ。スチール製のベッドはギシギシと音をたてていることだろう。そのような騒音と振動のなかで、わたしは眠っている。洗濯機は最初はゆったりと回り、しだいに激しく回転し、しばらくすると止まって排水ホースから水を吐き出す。洗濯機の排水ホースは風呂場に繋がっていて、涙は排水口に吸い込まれてゆく。その後洗濯機は、脱水のために空の洗濯槽を再び激しく回転させ、振動させる。脱水を終えると、ピーッ、ピーッ、ピーッという音とともにスイッチが切れ、激しく振動していたものとは別物みたいに、次に水が溜まるまで隠れるようにひっそりしている。作動するポンプのウーッと唸るような音だけが残される。風呂場の排水口に被せられた金属製の網には髪の毛が何本か絡まっている。

たった今、あなたたちの部屋の流し場と洗面台との間で行われる五十七時間と三分三十三秒に一度の石鹸の交代が起こった。コーヒーと歯磨き粉の香りもたった。そしてその同じ時に、オフィスと社長の家にある鹿の剥製が、二頭とも同時に瞬きをしたのだ。Aにはそれが分かった。きょとんとした表情のまま手を止めているAに、もう一人のスタッフがAと社長との関係について遠回しな嫌味を言った。

風が吹くとギャラリーの前に立つケヤキが葉擦れの音をたてる。

すっかり葉が落ちた冬でもそれはかわらない。もう一人のスタッフは今自分が口にしてしまった言葉について後悔する。いつも、言わなくてもよい一言を口にしてしまうと思っている。Aと社長の関係を知って以来、どうしても自分がのけ者であるかのように感じられてしまう。Aからも社長からもフェアではない扱いを受けることはない。仕事以外で社長に興味があるわけでもない。それなのに疎外感を感じている自分を発見し、彼女はそのことに戸惑う。Aは自分の言葉に込められたトゲを気づいているのかいないのか、いつもそれをやわらかく受け流す。嫌な顔のひとつもしてくれたらいいのに。

彼女は壁に掛けられた鹿の剝製を見る。彼女はそれが社長の家にもあることを知らない。しかし、それと同じものは彼女のアパートにもあった。社長から贈られたのではなくたんなる偶然だ。彼女の部屋の剝製が掛けてある壁の、その向こう側からは、時々、複数の人物がぼそぼそと喋っている声が聞こえてくる。それが人の声であることが分かり、言葉であることは分かるが、何を言っているのかは分からないくらいの音量で聞こえる。彼女の部屋の隣は空き部屋であるはずだ。彼女はそれを知っているが、声の調子があまりに穏やかなので気にはしていない。むしろその声を聞くと安心した気持ちになる。声が聞こえるとテレビを無音にしたり、洗濯中でも洗濯機を止めることさえある。一、二週に一度の割合で部屋を訪れる恋人も、声を聞くと「いい感じだね」と言う。二人で黙って声を聞いていることもある。だが恋人は隣が空き部屋であることは知らない。恋人の顔は剝製の鹿にどことなく似ているが、彼女は気づいていない。隣の部屋は前の住人が出たあとリフォームが行われ、いつでも新たな住人を迎え入れることの出来る状態で長く空いている。

　彼女の部屋は角部屋で、反対側の壁には窓があって外が見える。狭い小道を挟んで、その先には小さな畑があり、畑とほぼ同じ面積の駐車場が隣接している。どちらもアパートの大家の土地だった。畑と駐車場のおかげで、ごちゃごちゃと建て込んだこの一帯でも窓から空が大きく見えたし、南向きなので光も射した。小道はいわば裏道で、趣味で農作業をする大家のおじいさんくらいしか通らない。おじいさんがクワで畑を耕すと土の匂いが二階にある部屋に昇ってきて、それは夜にまでかすかに残る。駐車場の出入り口は向こう側にある。駐車場には工事用の大型車両が何台か常駐し、土日以外は毎朝、早朝からそれらが出発するエンジン音が響く。彼女はそれを朝の訪れを告げる小鳥の鳴き声のように感じる。工事用車両が出てゆく向こう側のやや広い道路は、そこから西の方向へ二十分ほど走ると線路に行き当たり、踏切がある。わたしは、その踏切より先には行ったことがない。

踏切からすぐのところに駅があり、その駅から東へ一駅目がギャラリーの最寄駅で、さらに二駅ゆくとAと社長の住居の最寄駅だ。駅の南口を降りて、そのまま南へ延びる道を十分弱歩くとケヤキの木に行き当たる。ケヤキはギャラリーへのアクセスのしるしであり、展覧会の案内に載せる地図にはその位置が毎回記された。そして、ケヤキの木の下からはギャラリーの入り口も見えるし、見上げるとあなたたちの部屋の窓も見える。まるでその視線が合図であったかのように、今、戸棚のなかのライオンが目を覚まし、ゆっくりと四本の脚を伸ばして立ち上がる。そして脚を踏み出す。午後六時四十三分。すっかり日が短くなった最近では、外はもう真っ暗だ。

Aには残業があったので、もう一人のスタッフは一人で先にギャラリーを出る。帰り際、Aのデスクの上に分厚い文庫本くらいの大きな白い消しゴムがあるのが彼女の目にとまる。でもそれは見間違いかもしれないと彼女は思う。彼女は、駅へとまっすぐ続く道ではなく、その日によってランダムに回り道を探して帰る。今晩はお地蔵さんの祠を曲がって路地に入ることにした。二体並んだ地蔵は、一方が立っていてもう一方は座っているようだった。ようやく人の形だと分かるくらいにすり減っていたが、真っ赤な頭巾と前掛けは常に汚れのない真新しいものが着けられていた。暗いなかでも赤は際立った。

しばらくして残業を終えたAが、Bへと届けるようにと社長から預かった大きな包みを持って遅れてギャラリーを出る。包みのなかには鳥かごが入っている。だが鳥かごのなかに鳥はいない。スイッチをオンにすると、鳥かごのなかをぐるぐると歩く小さなライオンのホログラフィがあらわれる装置で、回転させると馬が動いて見えるゾーエトロープのようなものだ。子供の誕生日プレゼントに何か良いものはないかとBから相談された社長が海外から取り寄せた。Aは包みの中身を知らずに、それを抱えてあなたたちの消えた部屋の窓を見上げる。特に戸棚のライオンのことを思うわけではないにしても。窓ガラスには、街灯に照らされた、みっしりと葉を茂らせたケヤキの木が映っている。AはどちらかというとBが苦手なので、これから会わなくてはならないことが少し憂鬱だった。

あなたたちの部屋のキッチンにあるコーヒー豆挽きのアームが、くるくるっと四回回転して、いったん止まってから、今度はゆっくりと、もう一度回った。最後の回転は逆回りだった。コトン、と、積み木が倒れるような音が響いた。

　広い庭のある農家の生け垣近くに立つ、すっかり葉を落として枝だけになった栗の木の脇を、もう一人のスタッフが通り過ぎていた。栗の木は、少し前までイガグリをたくさん付けていたし、夏には長細くて緑の濃い葉をみっしりと茂らせていた。夏にそこを通る時にはまだ明るい。暖色がかった夕方の光が葉に当たり、枝や幹にも当たる。だが彼女は栗の木を見なかった。風が冷たいので腕組みするようにしてコートの前を合わせた。目から涙がこぼれるのは冷たい風で乾燥した眼球を潤すためだ。彼女はバッグのなかからリップクリームと目薬を取り出す。

社長は、家でAの帰りを待つうちにうつらうつら眠ってしまう。連日、持ち帰った仕事をこなすのに明け方近くまでかかっているのだ。社長は夢をイメージではなく言葉で見る。パソコンの画面で文案を練るように、適当な文章を見つけ出すために何度も言葉を入れ替え、文を入れ替えるというのが社長の夢のかたちだ。あと一息で、自分の思う通りの表現に到達しそうだが、何か一つ足りない。そう思って改稿を重ねるうち、ふと、最初の思いとはかけ離れた文になってしまっていることに気づく。すべてをやり直さなくてはいけないと、今までの文章を消去して、再びはじめる。そんなことを繰り返すうちに、とうとう納得の出来る表現にたどり着く。そして社長は、幸福な思いとともに目覚める。目覚めてしまえば、夢の会心の文章はその抑揚と息遣いだけを残し消えている。そんな社長を鹿の剝製のまなざしがやさしく見つめている。

眠りからまだ覚めきらない幸福な手触りのなかで、社長は自分が経営するギャラリーの前に立つケヤキの木の葉擦れの音を思い出す。集中して、明確にイメージすれば、実際にその音に包まれているのと変わらない状態になる。そして、ケヤキの袂から見上げる二階の窓を思い起こす。明確にイメージすれば、それは実際に見えているのと変わらない。葉擦れの音はいつの間にか、大勢の人々のつぶやき声が折り重なった音のように聞こえてくる。それにつられて自分の口からもつぶやく声が漏れていることに社長は気づいていない。そしてついに社長は、あなたたちと共に、あなたたちの部屋のなかにいる。誰かがコーヒー豆挽きを回し、誰かがカミソリを使い、誰かが歯を磨き、誰かが積み木を並べ、誰かが石鹸の位置を替え、誰かが部屋のなかをぐるぐる廻り、皆、何かをぶつぶつつぶやいている。ライオンはまだ寝ているようだ。社長は、窓の脇に立って外のケヤキを見る。ケヤキは既に葉のすべてを落として丸裸だ。社長のところまでコーヒーの香りがかすかに漂ってくる。ゆっくりと腕を伸ばし、掌をガラス面にあてる。その冷たさを感じながら、社長はゆっくりと目を閉じる。
　それからしばらくした後に、用事を済ませて家に戻ったAは、社長は消えてしまったと覚ることになるはずだった。鹿の眼差しが彼女に確信を与える。

　呼び鈴が鳴って、ドアを開けると恋人が立っている。もう一人のスタッフは彼を玄関内に招き入れる。しかし彼は、月がきれいだから二人で少し外を歩こうと言い、部屋着に着替えていたもう一人のスタッッフはその上に通勤用のコートをひっかけて外に出る。恋人はしばしば、握った手で腰の辺りをとんとんと叩くしぐさをする。彼は短期の海外滞在から帰ったばかりで二人が会うのは久しぶりだ。

「アスファルトはやわらかいよね、フィレンツェは石畳みで足元が硬い、それに一個一個の石が均一じゃなくてデコボコで、十日間いたけど、朝から夕方まで歩き通しでいろいろ見ていたから、すぐに腰にきて、向こうでも十五分も歩くともう痛くなってくる始末で、少し歩いては道端でしゃがんで……、それでも、夕方ホテルに帰って買っておいたパンとチーズとサラミとワインで夕食を済ませると（イノシシのサラミはすごく美味いけど翌日からだから獣の臭いがする）、少し休んだらまた出かけた……、建物も道も石で出来ていて土や緑が内向きの中庭にしかない、音を吸収するものがない、だから音の響き方が違う、サンタ・マリア・ノヴェッラ広場はホテルからすぐの中央駅の近く、広くないけど細長いから、建て込んで見通しのよくないフィレンツェの中心部にしては見通しがよくて空が大きく見える、教会の建物で遮られているから駅前の喧噪は届かない、ベンチにはアラブ系とかブラックの人たちが多く座っている……、そこには、夕方、家へ帰ってゆく人たちの足音が集まってくる、だんだん暗くなってくる空が大きく見えて、イヌを散歩させてる人もいて、人々の姿がオレンジ色の光のなかに溶けてゆく、日が暮れて、見えるものが曖昧になってくると、入れ違いのように足音たちがいくつも重なる響きがくっきりと湧き上がる、イヌの声がどこかよく分からないところから聴こえる、一日が終わってゆく、潮がゆっくり引くみたいに……、すっかり暗くなるとドゥオーモの方へ向かって、サン・ジョヴァンニ礼拝堂からレプブリカ広場を通ってヴェッキオ橋に抜ける通りへ曲がる、このコースは毎晩欠かさなかった、通りはブランドショップが並んで、狭い通りだから縁日のようにごった返す、街灯もネオンもなくショーウインドウも薄暗い、店名を示す看板くらいしか照明がない、一人一人がちゃんと見えるわけじゃない、濃淡になって霧みたいに広がる人混みで……、聴こえてくる声は、イタリア語だけでなく、英語や日本語の割合も高い、フランス語、中国語、韓国語も聴こえるけど、どこの誰がどれを喋っているのかは分からなくて……、ざわめきはでも、曖昧には混じり合わず、反響しながらも一つ一つくっきり粒立って聴こえて……、レプブリカ広場には観光客だけでなく地元の人もあつまる（広場はだだっ広い平面で中央にメリーゴーランドがある以外に街灯もなく通りより一層暗い）、闇のなかで、観光客たちから浮ついた昂揚感が、地元の人たちからは労働を終えた解放感や人々が集まるところに来ている安心感が発散されて、辺りに漂い……、なんと言ったらいいのか、人から重さや厚みが消えて、そういうものから解放された影たちが集まっているみたいで、そのざわめきは今までに味わったことがない種類の幸福感だった、死んでしまったように幸福だ、という言葉が浮かんだ、滞在の最後の夜に広場のベンチで人々の行き交うのを眺めていると、明日以降はここに来ることが出来なくなるという事実を信じたくない、それが理不尽な不幸であるように思った……こちら側にずっと留まりたい……」

自分はもう十四歳ではないのだということへの動揺とともにAは目覚めた。この二十年の間ずっと十四歳だったのに目覚めたとたんに三十四歳になっていた。二十年つづいた十四歳が終わってしまった。終わっただけでなく、目覚めと同時にはじめから無かったものとなってしまった。幅ゼロとなって時間の外へと剥落した。どんな夢を見たことでそんな風に感じたのか、夢の内容はまったく憶えていないが、とにかく強くそう感じた。ベッドのなかでしばらく身動きできないほど愕然としていたが、悪夢の生々しさが時間とともに跡形もなく消えてゆくように、動揺もゆっくりと引いてゆき、すると、それと引きかえに昨晩の社長の消失が現実のこととして浮上してきた。

毎朝Aは社長に起こされていた。誰かに起こされることがなければそのままずっと眠りつづけているかのような深い眠りを、Aは毎晩眠っていた。毎朝、目が覚めるたびに何千年もの長い眠りから覚めたように感じた。昨晩眠った自分と今朝目覚めた自分との間に大きな隔たりを感じた。それなのに今朝は、誰にも起こされることなく自ら目覚めてしまったのだ。

その時Aは、視界の隅を何かが横切るのを感知した。それはクレーンに吊るされた巨大な木の板だった。板は真ん中が四角くくりぬかれ、それは窓だとすぐ直感された。それが窓ならば板は壁ということだ。視界はそれ以外すべて青い空で占められ、遮るものは何もない。クレーンに吊られた巨大な板が風にあおられて空中でゆっくりと反転する。

Aが横たわっているのはベッドではなく砂の上だった。上というより半分砂に埋まっていた。クレーンに吊られた板がゆっくりと降りてくる。Aはそれを視線で追って半分砂に埋まっている頭部をゆっくり横へ倒した。窓の先には海が見えた。それがきっかけであるかのように波の音が耳に届く。海岸だ、とAは思う。そして、自分のからだが思い通りに動くかどうか確かめるために砂に埋まった左手をグーにして右手をチョキにする。

　視線を窓から外して首をまっすぐに戻すと空が見える。砂に埋まった両腕を空に向かって突き立てると腕が視界に入ってくるはずだ。そしてその両腕を振り下ろす力の反動で上半身を起こそう。Aは窓の先の海を見たままで行動を思い描く。そう考えただけで既に上半身を起こした気になっていたAは、しばらくしてから、自分が未だ横になったままでいることを発見して驚く。起き上がっているはずの自分自身に置いて行かれた、と思う。

　砂浜に着地した木の板の、中央に空いた四角い窓の先に人の姿があった。窓の向こうは海ではなかった。その人は、デスクの前に座り事務仕事をしているように見える。電話をしているらしく口をぱくぱくさせている。正面の壁に鹿の首の剝製がかけられているのも見えた。ああそうか、とAは気づく。あっちから外れちゃったのか……、と。だったら、とりあえずもう少し眠ろう。そしてAは、踏切が閉じられるようにゆっくりと目を瞑る。波音が葉擦れの音のように聴こえる。

ギャラリーの前を走り抜ける小学生の乗る自転車のタイヤのスポークに陽の光がきらきら反射するのを、ギャラリーの、Aではないもう一人のスタッフの恋人が、ガラス張りの内側から見ていた。六人の小学生が次々と走り抜け、十二個のタイヤのそれぞれのスポークが、くるくると回転しながら光を反射させて通り過ぎた。小学生の着ていたジャンパーの色、青、白、オレンジ色、水色、紺色、黄色もまた、同時に走り抜けた。

四日後からギャラリーでは恋人の展覧会がはじまる予定で、彼はギャラリーでその作品の制作中だった。恋人は、解体された家屋やビルの廃材を用いてインスタレーションをつくるアーティストで、このギャラリーでは二、三年に一度くらいの割合で定期的に展覧会を行っている。廃材といっても、彼が主に素材とするのは材木やコンクリートのような量感のあるものではなく、様々な太さのダクトや鉄パイプや雨どい、物干し竿、電線、針金、窓枠、換気扇、エアコンの室外機、椅子の背もたれ、タイヤのホイール、松葉杖、はしご、リヤカーの持ち手の部分、バルコニーのフレーム、壊れた泡だて器、バケツや鍋、傘のホネ、アンテナ、鳥かごなどといった、塊的ではないもの、線的なもの、チューブのように内部に何かを通す穴をもつもの、あるいは簀子的、多孔的なもの、実より虚の部分が多いもの、箱のように内部に何かを迎え入れるもの、が多く、材質も金属的なものが多いという傾向があった。そして、回転するもの、循環させるものに強く魅了された。彼らはそれらの素材を、彼にしかできない不思議な統辞法によって結びつけ、「ウナギイヌ」的空間とでもいうべき混成的空間を作り上げる。

金属的であり、線的構造を持ち、回転するタイヤをもつ自転車は、恋人がこの世界で最も愛するオブジェの一つだ。彼は自分の住むマンションのベッドルームに、観賞用の自転車を置いている。観賞用というより、それは彼にとって愛玩動物のようなものだった。上下逆さに置かれた自転車のタイヤを手でカラカラと回すのはイヌやネコを愛撫するのと同等の行為で、恍惚として時間が経つのを忘れてしまう。ハンドル部分がやや傾くことで「へ」の字のようになる逆立ち自転車のシルエットから、彼はいつも「ダンス」を感じる。

独立した存在である前のタイヤの回転によって得られる歓びと、チェーンによってペダルの回転と連動している後ろのタイヤの回転がもたらす歓びとでは、彼には異なる質感をもって感じられる。前者は純粋で空虚な回転の感触であり、後者は関連と循環の感触なのだ。だが、前タイヤは決して孤立しているのではなく、ブレーキによってハンドルと接続している。勿論、もう一方のブレーキは後ろのタイヤと連動しているのだから、前のタイヤはハンドルを媒介として後ろタイヤとも間接的関係を持っているということだ。「一ー二ー三」という関係の系があり、「AーBーCーDーE」という関係の系があり、「あーいーうーえ」という関係の系があり、それらがそれぞれ独立してある時、そこに、「二ーC」という短絡通路と、「Bーう」という短絡通路が開ければ、三つの異なる系を統合するメタ関係がなくても（三つの系が独立したままでも）、最も遠い「一」と「え」の間に何かしらの共鳴関係が生じるはずだ、というのが、恋人が自分のつくる空間のコンセプトを説明する時の常套句だ。

制作を見学に来ていた美術批評家のBにも、恋人はそのような説明をする。Bは恋人が美大生の頃から彼を高く評価していた。そもそも社長に恋人を紹介したのもBなのだ。Aが臨時の用件で突然休暇を取ったので、Bと、その来訪をきっかけに休息に入った恋人にコーヒーを出すのはもう一人のスタッフの役割となる。彼女と恋人との関係は、ギャラリー関係者にはまだ知られていないはずだ。

もう一人のスタッフは、恋人の部屋を訪れて逆さにされた自転車を見ると、ギャラリーの事務所と自分の部屋にある鹿の剝製の顔を連想する。ハンドルは鹿の角のようだし、前へ突き出すタイヤは鹿の鼻面のようだ。Ｂにコンセプトを説明する恋人の話を聞きながらそのことを思い出した彼女は、この時はじめて、恋人が鹿に似ていることに気づくのだ。

お地蔵さんの路地を入って少し行った先。古い屋敷が建っていた場所だったが、去年の台風で傾き、ほどなく更地になった。駐車場にでもするつもりなのか砂利が敷き詰められた。そこに、鳥居というよりラグビーのゴールのような形に組まれた、高さ二メートルほどの二本の木材の棒が立っている。八分目くらいの高さに横棒が渡してあり、横棒には無造作に針金が巻きつけられている。昨日まではこんなものはなかったはずだ。

それは、図面のように上から見た時、横棒が土地の境界の四つの辺のどれとも平行にも垂直にもならないように斜め向きに立っている。傍らに、ビール箱を二つ重ねたくらいの高さの、合板で粗く作られた箱（台？）があり、その上と下とに形の歪んだ鉄製の古いバケツが一つずつ置かれている。下のバケツには水がなみなみ張られているが、泥遊びでつくったコーヒーのように濁っている。

ポーンと音がしてサッカーボールが勢いよく土地に飛び込んでくる。砂利に落ちるとバウンドを殺がれて転がる速度も鈍る。ボールはバケツに触れる直前でぴたっと止まる。それが合図であったのか、バケツの水は風呂の栓を抜いたようにみるみる減ってゆき、湿り気さえも残らない。その後ふたたびポーンと音がしたが、音だけだった。しばらく沈黙がつづくが、耳を澄ますと遠くから大型の工事用車両が近づいてくるのが分かる。狭い路地をぎりぎりいっぱいで通るほどの幅の広い車で、車同士がすれ違えないどころか、もし行き合ったら歩行者が避けることさえ難しい。どんどん近づいて来て、土地の前までたどり着いたが、速度を緩めることもなく通り過ぎる。その時、道端にあった小石が大型車両のタイヤに半端な形で踏みつけられ、重量による圧力でパチンと跳ねて宙を飛ぶ。小石は木柱に渡された横棒に火薬の破裂のような乾いた音をたてて当たって跳ね返った後、ポシャンという音とともに箱の上のバケツの中に納まる。知らぬ間に上のバケツに水が移動していた。そのすぐ後にまたポーンと音がすると、下のバケツとぴったり寄り添っていたボールが、フィルムの逆回転のように進入した軌跡を正確に逆さになぞって外へ出ていった。大型車両の音が消えてしまうと静寂が訪れた。

カラスが二声鳴くとすぐに日が暮れて夜になり、翌朝には木柱も合板でつくられた箱もなくなっている。そこには二つのバケツと横棒に巻かれていた針金だけが残される。針金は巻きつけられていた状態そのままで、宙に浮いている。一方のバケツには澄んだ水が張られ、金魚が一匹泳いでいる。もう一方のなかにはミドリガメががさごそと動いている。この辺りは四十年前には池だったはずだし、二十年後にはまた池に戻るはずだった。

もう一人のスタッフは、恋人とBとが最近話題の展覧会について異なる意見を戦わせているのを残し、電話対応のために事務所に戻る。恋人が子供っぽくムキになって抗弁するのを、Bはさらに火に油をそそぐような物言いで返して楽しんでいるように聞こえる。それがB

という人なのだ。電話は面倒な用件の上、本当ならばAが担当すべき事柄だった。

軽い苛立ちのせいか、彼女は電話をしながらデスクの上のホチキスを無意識のうちに手にして、用済みになった破棄する予定の書類に針を打ち込んでゆく。カチッ、カチッ、カチッ、と、一定のリズム、一定の間隔で、書類にミシンの縫い目のように針が並んでゆく。「コ」の字の形をした針の両端が、カチッという感触とともにたたみ込まれ、「1」という形になる。カチッという感触が、「コ」の字の金属の両端を押しつぶしてゆく。小さな抵抗に対して力を込め、そこにある瞬間、カチッという小さなカタストロフが訪れ、その感触を楽しんだ後、抵抗が押し返す力に任せる。「V」字型のホチキス本体が、力を込めることでカチッと「1」に重なり、緩めるとまた「V」に戻る。書類の周囲をミシン目が四周して、それより内側まではホチキスが届かなくなると、別の書類を短冊状に切って、今度は畳の目のように隙間を詰めて針を打ち込んでゆく。恋人とBとの話し声にリズムを打ち込むような感覚で、彼女はホチキスを打つことに、そのカチッという感触にのめり込み、なかなか止まらなくなる。

恋人とBとの話し声はいつまでも続き、カチッ、カチッという音がそこにリズムを刻み、ホチキスの針が打ち込まれた畳の目はどんどん増えてゆく。カチッ、カチッ、カチッ、カチッ、カチッ……。しかし実は、ホチキスは自動的に針を打っており、話し声に聞こえるのは葉擦れの音で、もうずいぶん前から既にギャラリーには誰もいなくなっている。

Aのデスクの上には、分厚い文庫本くらいの大きさの白い消しゴムが置かれている。わたしにはそれがはっきり見える。その直方体の白のまぶしさに、わたしは眠りのなかでさらに目を瞑る。おしゃべりたちはみんな消えてしまって、そしてそのあとに白い消しゴムと自動的に針を打ちつづけるホチキスが残される。葉擦れの音は次第に寝息へとかわってゆく。寝息は消しゴムから聴こえてくるようだ。

「ぐー」「すー」「ぐー」「すー」「ぐー」……

カチッ、カチッ、カチッ、カチッ、カチッ……

セザンヌの犬

あなたにそれが見えているのは、それがあなたを認め、あなたに対し開いているからなのです。そう言って右手を差し出すあなたの掌にわたしが右手を添えて応えると、あなたは力強く握り返しさらにその上に左手を添えて三度上下させる。あなたがそれを見ているのではないのです、それがあなたに見ることを許しているということなのです。そう言うあなたの掌は骨ばった見かけよりやわらかだ。今日はありがとう、わたしはここで失礼することにします。言葉の後にもう一度ぎゅっと手に力を込め、そして手を離すと、回れ右をするようにしてすぐに歩き出すあなたの後ろ姿をわたしは見送る。屹然とそびえる山のように高く猫背ながら角張った広い背中が、ややぎこちなく小刻みに揺れながら迷いのない足取りで少しずつ離れてゆく。その背中が十メートルほど離れたところでふと立ち止まる。すると背中が振り返って、軽く微笑んだあなたがこちらに大きく手を振るのだ。そして再び背を向けて歩き出す。背中がそこから十メートルほど進むと、そこでまた、あなたはこちらを振り返って、微笑みと大きく振った手を贈ってよこす。あなたの骨ばってやわらかい掌がゆらゆら揺れるのをわたしはそれに応えるようにしっかりと見る。わたしはそれを何度も見る。そのようにして十メートルごとにずっと、あなたはわたしからあなたが見えなくなるまで、繰り返し何度も振り返っては手を振り微笑むのだ。勿論わたしも、あなたからわたしが見えなくなるまでずっと、ここに立ってあなたの背中を目で追うのをやめることはない。

平坦な土地ではあなたは必ずしも杖を必要としない。だが坂道では自分で思っているほどには滑らかな歩みとは言えない。わたしの視界から届かないまでに遠く離れたあなたは、大きなケヤキの木がある場所にさしかかり、木のつくる影に入って少し休むだろう。バス停まではまだ二十分は歩かなければならないのだ。わたしの滞在先までタクシーを使って送ってくれたあなたは、タクシーをそのまま帰し、わたしはバスで帰ります、バス停まで歩きたい気分なのです、と言ったのだ。ホテルは山の上にあり、ケヤキの木のある辺りはまだ十分に標高が高く、街の眺望が開けている。長く着ているうちに体型にあわせて鋳直されたように角ばった古いジャケットの内ポケットからハンカチを出して汗を拭いて一息つくと、そのハンカチを地面に敷いてあなたはケヤキのたもとに坐り込むかもしれない。決して息が切れたからではなく、気持ちのよい風とケヤキの葉擦れの音があなたをそこに留まらせるのだ。

古びたジャケットの肩の辺りの布が毛羽立ってすり減っているのは、あなたがいつも大きな麻の肩掛け鞄をぶら下げているからだ。ケヤキの木のたもとに腰を下ろすとすれば、肩掛け鞄も肩から下ろされるはずだ。あなたの鞄はいつも重い。バス停に来るバスは本数が少なく、一本乗り過ごすと長時間待たされることになる。しかし鞄を下ろしてしまったあなたはきっと、もうバスの時刻のことなどどうでもよくなっているだろう。目を閉じて軽く微笑み、風と音の感触を楽しんでいる様子だ。正午をまわってずいぶんと経つが、まだ、日が暮れ始めるまでには余裕がある。あなたはきっとそう判断している。しかし、時間は常に均等に流れるとは限らない。それはあなたがいつも言っていることではなかっただろうか。そら、いわんこっちゃない。あなたが目を開いたときにはもう、日は暮れ始めているのだ。

ここでわたしは、あなたをみくびっていたことを告白しなければならない。日の暮れが始まっていると気づいたあなたは、またたく間に鞄を肩にかけて立ち上がり、まるで若者のようにしっかりした足取りで走って坂を下り、バスの時間に間に合ってしまうのだ。ハンカチがケヤキのたもとに置かれたままであったとしても。

翌日、あなたからの要請を受けたわたしに回収されるまで、ハンカチはそこで一晩を過ごした。ケヤキのたもとから幅三メートルほどの道を挟んだ向こうは斜面が下っている。斜面は途中で一段水平に削り取られ、そこには農家が一軒建つ。古い木造平屋の母屋、広い庭、農具の入った倉庫、柿の木やひまわりが見えるし、運が良ければ庭を走り回る柴犬も見られる。柴犬が庭を走っているとすれば、それは彼とそう大きさのかわらない七歳になったばかりのその家の男の子と遊んでいるのだ。ケヤキのたもとからは、その子が通っている小学校も見える。広い茶色の平面が校庭で、それを目印にすれば小学校はすぐに見つかる。休み時間や放課後には、米粒ほどの子供たちの群れがわらわらと動くのが見える。運動会ではその豆粒が赤と白とに塗り分けられる。彼らの声は、見た目の印象よりはずっと近くから聴こえる気がする。小学校の脇の大きな道路がバス通りで、あなたを乗せたバスがそこを通った。校庭以外にもう一つ広い平面があり、それは墓地だった。校庭が茶色なのに対し墓地は灰色と緑だ。墓地には木が多いのだ。急激に暮れ始めたので短い時間だったとはいえ、もしハンカチに目があれば、それらすべてが見られたはずだ。夕方が短い分、夜は長かった。ハンカチは目を閉じて夜を過ごした。

壁から鹿の角のように飛び出したフックにあなたの大きな麻の肩掛け鞄がぶら下がっている。近くにはハンガーにかかった古びたジャケットもある。ジャケットは重力に抗してあなたの肩のかたちをキープしている。そこにあなたがいなくても、それがあなたの立ち姿をあらわしている。だがあなたはその同じ部屋にいる。あなたはゆっくりと息をついて椅子に腰をおろす。たった今、大きな荷物を抱えて戻ってきたばかりだ。テーブルの上のクラフト紙で出来た大きな袋のなかにはリンゴがぎっしり詰まっている。袋には持ち手がないし、下から抱えるように持たなければ重みで底が破けてしまうかもしれなかった。だから途中で休むためには袋を地面におろさなければならない。もう一度息をつくとあなたは立ち上がり、冷蔵庫から白い液体の入ったガラス瓶を出してマグカップにそそぐ。ミルクを電子レンジに入れてスイッチを押すとウーという音とともにターンテーブルが回転をはじめる。ミルクの表面に薄い膜が徐々にかたちづくられる。

湯気のたったマグカップとともにテーブルへと戻ってきたあなたは、ミルクに一度口をつけて満足そうに軽く微笑み、カップを置くとその骨ばった右手で袋のリンゴを一つ摑み出す。そこに左手を添えて包み込み、顔に近づけて匂いを感じる。腕を伸ばして顔から離し、目を細めて表面を撫でながら形と色を受け取ろうとする。そのようにしてあなたは、リンゴを一つ一つ丁寧に袋から出してテーブルに並べる。

あなたのアトリエのドアを開けたわたしの目に最初にとびこんできたのは、そうしているあなたの背中だった。わたしの背中はわたしのものではありません。あなたの独り言のような喋り声が聞こえる。それはわたしの隙間です。わたしのからだの後ろ半分は、あなたに見られることでわたしの前半分とつながります。あなたの声はあなたのからだからではなく、この部屋全体から聞こえてくるようだ。用事を頼んでしまってもうしわけない。わたしにとって大切なハンカチなのです。さあ、どうぞこちらに来て坐ってください。ここにはおもてなしと言えるようなものはなにもないのですが。振り返ったあなたの手には鮮やかな色のオレンジが握られている。あのオレンジ色の奥には青が含まれている。わたしはそのように感じた。テーブルの上にもたくさんのオレンジが並んでいる。その色は晴れた空を連想させた。近所の方からのおすそわけですが、ここまで運ぶのに難儀しました。今、ちょうどコーヒーを淹れたところです、いかがですか。あなたはテーブルに置かれたコーヒーの入ったマグカップの方に視線をやりながら言う。いただきます、とわたしは応える。ドアを開けた時からいい香りだと思っていましたよ。それにしても今日は素晴らしい天気ですね。空がオレンジのように晴れています。そうですね、とあなた。わたしもこれを運ぶ途中、袋のなかと空とがひっくり返ってつながっている感じがしていましたよ。

実は、電子レンジのターンテーブルの上には変換されずに残ったリンゴが一つあった。冷蔵庫のなかのミルクの入った瓶だけがそのことに気づいている。オレンジの香りとコーヒーの香りはケンカをしてしまいますね。紅茶の方が良かった。どうもわたしは気が利かなくていけない。あなたは言う。とんでもない、とてもおいしいコーヒーです。わたしはコーヒーの向こう側にリンゴの存在を感じている。

あなたのアトリエの壁は抑えられたコバルトグリーンまたは明るいクロームグリーンというべき色で塗られている。アトリエを手に入れたばかりの今よりもずいぶん若い（とはいえ既に中年と呼ばれる年齢であったが）あなたによって注意深く混色されたペンキを、あなた自身が塗った。壁の前に立つ角ばった広い猫背が刷毛の動きにあわせて左右に揺れたものだ。混色の具合には充分配慮したのだが配慮はペンキの量まではいきわたらず、壁全体の四分の三ほど塗ったところでペンキが尽きた。あなたは残りの部分を抑えられた黄色あるいは明るい黄土色というべき色へと調整したペンキで塗った。壁は二色に塗り分けられた。

若い頃は徹夜で制作することもあったが今はそんなことはしない。若くて体力があるからといってそんな力任せのようなことはすべきではない。今思えばあの頃のわたしは間違っていた。あなたはそう思っている。それでも、歩いて十分程度のネグラに帰るのが億劫になるとアトリエで一晩すごす。そういうことは今でも頻繁にあった。どのみちあなたは気楽な一人住まいでネグラに帰っても待っている人はいない。そのための寝袋はソファーの下の隙間に丸めて突っ込んである。珍しく、遅くまで何かの作業をしているあなたはまだ気づいていないが、寝袋のなかにもリンゴがいくつか入り込んでいた。そもそもあなたは電子レンジのなかのリンゴにもまだ気づいていない。オレンジは再び袋に戻されてソファーに置かれ、テーブルの上には白いハンカチが広げて置かれている。あの頃のわたしの制作態度は間違っていた、しかし、壁の色の混色と配色は正しかった。あなたは壁の前に立つたびに毎日思い、そして今もそう思った。だがそれはリンゴの色が背後に隠れているからこそなのだということをあなたはよく知っている。だから、そのうちいくつかが電子レンジや寝袋のなかに顕れてしまっていることに気づかなくても、それは些事にすぎない。

今夜のあなたは刷毛でも絵筆でもなく刀子を手にしている。あなたが子供の頃に祖父からもらった刀子だ。祖父は刀子を巧みに使ったが、あなたは鉛筆さえきれいには削れない不器用な子供なのだ。祖父が丁寧に手ほどきしようとすると嫌がって犬の散歩を口実にして逃げる。祖父は困った顔をしながらも微笑んでいる。あなたはまだ本当に子供なのだ。あなたと犬は兄弟のように仲良しだ。犬の方が兄なのだ。しかしそれは物心つく前の経験なのでその後の記憶には残らないにちがいない。ただ、犬が亡くなった時の悲しさの感触だけがあなたの最初の記憶として残ることになるだろう。家族は、ベルは一時病院に預けるだけだというが、それはウソだとあなたは子供ながらにすぐ分かってしまう。それはあなたにとってはじめての悲しみの経験であり、そこであなたはとりかえしのつかないことがこの世界にはあるということを知る。今ではあなたは歳をとり、祖父にはかなわないとはいえとても器用に刀子を使いこなす。木を削る音も滑らかだ。

昨晩遅くまであなたがつくっていたものがあなた不在のアトリエに置かれている。二本の丸太が天辺で接するように組まれた木柱が二組、もう少しで天井に接する高さに立っている。その二つの「∧」状のものは足下で正方形に組まれた四本の木柱を土台とし、天辺では横にわたる一本の木柱によってつながり、支えられている。土台の正方形の各辺からは三十センチほどの高さの棘のようなとがった突起が何本も上を向いて生え出ている。天辺を渡る木柱からは二本の荒縄が垂れ、蛸の足のようにうねった瘤のある太い木の枝（長さ五十センチ程度）の両端に、枝をブランコの座板にするかのように結ばれている。しかしブランコにしては縄が短すぎる。蛸状の枝はあなたの身長でいえば目元よりやや高い位置に浮いているのだ。蛸状の枝の中央には穴がくり抜いてあって、その穴に、目を背けたくなるほどに鋭く先の尖った（巨大な釣り針のような）金属製のフックが取り付けられている。フックはあなたの口中を切り裂くかのような位置にある（釣り上げられた魚の口中に深く突き刺さる釣り針……）。フックにはあなたがいつも肩からかけている麻の鞄の肩帯がひっかけられて、鞄がぶら下がり、さらに下には鞄をハンガーに見立てたようにあなたのジャケットがかけられていた。鞄をくるむジャケットはあなたの肩の形を保ったまま、すれすれで床面に触れない高さでぶらぶらと僅かな揺れを揺れているのだ。

一心同体であるジャケットを着ずにあなたが外へ出かけることなど考えられるだろうか。考え難いとするならあなたはどこにいるのだろう。実はあなたはアトリエにいる。それは、ジャケットこそが本当のあなたであなた自身はその影に過ぎないという意味だろうか。確かにそれは真実の一端をとらえている。だがもっとシンプルな意味だ。あなたは麻の肩掛け鞄のなかにいる。そのなかで小さくまるくなってゆらゆら揺れている。あなたがつくっていたのは一種のゆりかごだった。昨晩は珍しく遅くまで作業していたので、今日はまだ眠っているのだ。あなたが目覚めるまではもうしばらく時間が必要だろう。

わたしは、三日前に国際会議の会場であなたに初めて会うまで、あなたの名前も存在も知らなかった。後で知ったことだが、この国際会議にわたしを招待するように強く働きかけたのはあなたであったという。わたしはここからうんと遠く、もっと南の方の国で生まれ、今でもそこで生活している。年老いた母と二人暮らしだ。わたしは誰も興味を持たないほどに専門的で、かつその領域においてもささやかな業績によって、国内の専門家集団のなかでなけなしの位置を得、それによって日々の糧を得ている無名の研究者にすぎない。国際会議での発表では、いくつかのお座なりの質問と見当違いのしつこい批判以外の反応はなにもなかったが、そのことに失望するほどの期待ははじめからない。あなたに会ったこと以外は、特記すべきことはなにもない。

わたしの生まれた家は貧しく、父はなく、からだの弱い母と学校が休みの時のわたしが不定期に葡萄農園で働いて得るお金が収入のすべてだった。出荷できない規格外の廃棄葡萄をくすねてヤミの葡萄酒をつくって売ることもあったが、たいした稼ぎにはならない。農園の敷地の隅にある小屋を主人の厚意によって住処とすることができたためかろうじて生き延びることができたのだ。小屋は、本来農園主の飼っている犬のための小屋であり、本来のあるじは犬だった。犬との同居は母のからだには望ましいと言えないものの、わたしは犬と大いに親しんだ。わたしが奨学金を得つづけることの出来る成績を維持していることが、母にとってこの世界に対する唯一の希望であったので、常々、能力の限界を感じているわたしは、もともと無理がある上にさらに無理な勉強を自分に強いるしかない。毎日、夕刻に行われる犬との散歩は、わたしにとってかけがえのない時間だ。農園主にとってはわたしと母は犬と同等だった。これは比喩でも卑下でもなく、わたしも母も実際にほぼ犬なのだ。毎夕、農園主の犬とわたしは並んで一緒に小屋からつづく坂道を駆け降りた。何本もの蛸の足が絡みついたような大木のたもとにたどり着くと、どちらからということもなくつかみかかるようにして絡み合い、地面をころころと転がりながらじゃれるのだ。わたしと農園主の犬は、互いに鼻と鼻とを突き合わせ、腹や股間のにおいを嗅ぎ合い、耳や足を舐め合い、軽く噛み、唾液を交換しつつ、土にまみれる。土のにおい、草のにおい、汗のにおい、尿のにおい、性器のにおい、獣のにおいが混じったものが、木のたもとでころころ転がっているのだ。

混じり合った状態のなかからすっと立ち上がる何かがあるとしたら、それは農園主の犬の頭部である。農園主の犬はふいに、遠くを見るように、あるいは遠くからのにおいを鼻がキャッチしたとでもいうように、混じり合ったものからすくっと首をあげる。わたしはその瞬間を見逃さずすぐに察知しなければならない。なぜならそれが、湖までの競走のスタートの合図だからだ。入り混じっていたものは分離し、そのなかから二つの塊が湖を目指して走り去ってゆくのが見えるはずだ。そして分離した二つの塊は湖の手前で再び混じり合い、それらは水とも混じり合う。水しぶきがしばらく上がりつづけるだろう。

その犬が亡くなった時、学校から帰ったわたしに、農園主も母も、一時的に病院に預けているだけでいつかまた帰ってくることもあるかもしれないと言った。わたしは既に十代の半ばであり、それが嘘だと分からないはずはないのだが、それでもそう言い張るのだ。

ゆりかごに揺られる夢のなかであなたは柴犬を追いかけている。場所は斜面に建つ農家の庭先だ。だとすればあなたは今、その家の七歳になったばかりの子供であるはずだ。だから、犬を追いかけるのに杖はいらないし、犬に飛びかかろうとして転んでも膝頭に擦り傷をつくるだけで済む。あなたは存分に動き回る。とはいえ、柴犬の運動能力は七歳のあなたよりはるかに勝るので、柴犬は、つかまらないようにしつつも距離が離れすぎないよう、圧倒的な一人勝ちになって遊びが成立しなくなってしまわないようにと配慮しながら逃げている。七歳のあなたには柴犬の気遣いを理解することは出来ないが、彼のまなざしのなかに含まれる慈しみのような感情を感じることは出来るのだ。一人っ子であるあなたにとって犬は兄であり、父のいないあなたにとって犬は父であり、つまりあなたは犬でもある。

マーくん、と家のなかから呼ばれたこの子の正確な名前を柴犬は知っているがあなたは知らない。母親に呼ばれてマーくんは家へ戻り、柴犬は庭に一匹残される。家に戻るマーくんを目で追いながら走る速度をゆるめる柴犬は、動きが止まったところで後ろ脚を折ってしゃがみ込む。大きなあくびをする。庭の隅には背の高いひまわりが三本立っている。柴犬は、今日はひまわりの似合う陽気だ、と思う。柴犬にはひまわりの鮮やかな黄色は見えていないが、においを色のようなものとして感じる。空の青さえもにおいとして感じている。もう一度あくびをした柴犬は、前脚も折り曲げ、頭を折り曲げた両前脚の間の地面につけて目を瞑る。土のにおいが鼻先まで近づき、柴犬の感覚は土の色で満たされる。

あなたのアトリエのテーブルの上にある白いハンカチがふるえているのは、風が吹いているせいなのか、それとも夢を見ているせいなのか。そもそもあなたは、斜面の農家の犬や子供を見ていないし、知りもしないはずだ。彼らを見ていたのはケヤキのたもとに取り残されたハンカチであった。ならばこの夢をみているのはあなたではなくハンカチだと考える方が自然ではないか。テーブルのハンカチの脇には、昨晩あなたが使っていた刀子が置かれている。ハンカチがふるえると、それに応えるかのように刀子がカタカタッと音をたてて揺れる。

目を瞑った柴犬は、農具を入れる倉庫の方に人の気配を感じる。これは怪しいものではなく親しい気配だ。目を開いている時には感じないこの気配を、目を閉じた時にしばしば感じることがあるのだ。柴犬はもともと視覚にはあまり依存しないので、目を瞑ることくらいでは、外界の多くが遮断され劇的に様子がかわるというほどのことはない。眠ろうとして、嗅覚と聴覚を意識から少しずつ遠ざけてゆく時にこそ、世界が暗闇へと溶けてゆく。だから、目を瞑ったり開いたりすることくらいでこんなにはっきりと気配が現れたり消えたりするのはとても例外的なことだ。この人の気配が、世界の表面的な秩序とは別のところからきているものだということを、柴犬はその例外性によって認識している。彼はこの世のものではない。このような表現とはまったく別のやり方で、柴犬はそれを理解する。

気配は、農具倉庫の入り口近く、ちょうど庇で日差しが遮られて影になるところで、簀の子のように隙間の空いた木箱を裏返してそこに座っている。人の背丈ほどもある丸太を両足で固定して、手にもった

刃物を使って何かを彫り込んでいるようなのだ。わたしのつくってい
るものはケリュケイオンであってアスクレピオスの杖ではない、そも
そもアスクレピオスの杖の蛇は一匹で……。彼の気配の方からはどう
もそのような意味らしい思念が流れてくるのだが、柴犬にはよく分か
らないし興味もない。杖というが、蛸の脚が絡み付いているような形
を彫っているようだ。シュッ、シュッという木を削る音と、削られた
ばかりの木がたてる新鮮なにおいから、柴犬には目を瞑っていても気
配の男の手際をおおよそ判断できる。柴犬の見立てでは彼の手つきは
たどたどしいとまではいわないが、それほど見事というわけでもない。
　厳しいね、と声が聞こえた気がする。小刀の使いかたは祖父に習っ
たんだが、とても祖父のように見事には使えない。もともと不器用な
んだな。男のそのような返答を柴犬は想像する。この想像は、柴犬の

頭のなかで生まれたものなのか、それともこの男の気配の方から柴犬へと伝えられたものなのかを知る手だてはない。男は手を休めることなく、丸太の先の方の、羽根のような鱗のような細かい細工に手をつけはじめる。するともう、男の方からは思念のようなおしゃべりのようなものがやってくることはなくなり、姿も希薄になり、ただシュッ、シュッという木を削る音とその手つきの規則性だけが農具倉庫の入り口あたりに漂い、留まるのだ。その気配に攻撃性や嫌な感触は含まれず、しかも単調なので、そのうちに柴犬は眠ってしまう。

入り口からさらに進んだ農具倉庫の奥は日が入らず、暗くてひんやりしている。適度な湿気があり、薬や土や埃や黴のにおいがする。鍬や鋤、竹の網かご、手動式の脱穀機など今は使わなくなった農具までが雑然と押し込められている。しばらくして、長い間使われることなく放置されている手動式の脱穀機の回転部分がきしみながらゆっくり一回転したのだが、それは誰の夢のなかでの出来事なのだろう。

テーブルの上にハンカチとともに置かれた刀子が人の手に摑まれる。もちろん、それを摑むのはあなたの骨ばってはいるがやわらかい掌だ。反対の掌にはリンゴが包まれている。リンゴは刀子によって皮を剝かれ、赤い皮はうずまき状のモビールのように宙に浮き、やがて落下する。落下した皿の上でもきれいなうずまきを保っている。剝かれたりんごを半分に割ってあなたはかじりつく。あなたの歯はまだまだ丈夫であるようで、シャリシャリという小気味よい音がたった。においまではここには届かないが。遅い朝食だった。

昨年、この国の首都の美術館で大規模なセザンヌの展覧会がありました。あなたはわたしに向かってそう語りかける。たとえそこにわたしがいなかったとしても、その語りはわたしに向けられているはずだった。

最近のこの国の展覧会のはやりなのでしょうか、展示の最後のエリアにセザンヌのアトリエが再現されていました。レ・ローヴのアトリエ、彼の最晩年の、最後のアトリエです。このアトリエは一九〇二年の九月に完成し、セザンヌは一九〇六年の十月に亡くなっていますから、四年間使用されました。そこには彼が亡くなる直前まで使っていた様々な物が置かれています。彼が座ったであろう椅子、彼のモチーフとなったテーブルや食器や瓶、背の高い木製の脚立、イーゼル、布、壁にかかっていた複製画などもあり、あたかも彼がついさっきまでそこにいたかのように作られていました。もちろんそこには、彼が使っていたパレットや絵筆もありました。それらは確かに、彼のアトリエにあり、彼が実際に使ったものなのでしょうが、わたしにはとても薄ら寒い、インチキ臭い書き割りのまがい物にしか思えませんでした。わたしはむしろ、それらの物を見て彼に拒絶されているという感じを強くもちました。

再現されたアトリエの隅に、古ぼけた大きな鏡がありました。その鏡それ自体はわたしに何の印象も与えませんでした。しかしその前を通り過ぎようとして鏡にちらっとわたしの顔が映ったのです。視界の隅でそれを感じた時、大きな変化が起こったことを知りました。立ち止まって、わたしは鏡に映ったわたしの顔を正面から見ました。その時わたしはセザンヌのアトリエにいました。そこは確かにセザンヌのアトリエでした。セザンヌのアトリエの再現でも、アトリエだったところでもなく、まさに今、セザンヌのアトリエであるところがそこなのです。ただもちろん、残念ながらセザンヌはいません。既にこの世にいないのですから。とはいえそこはセザンヌのアトリエなのです。湧き、溢れ出てくるような興奮のなかで、わたしの目に、部屋の反対側にある帽子掛けのフックにぶら下がった杖が入りました。実はその杖こそがセザンヌなのでした。彼はそこにいたのです。私は確かにセザンヌを目にし、セザンヌはわたしに自分を見ることを許してくれたのです。

リンゴを切った刀子の刃をハンカチで拭い、鞘に納めたあなたは、四つ折りに畳んだハンカチを、妙な装置（ゆりかご）にひっかけられて床に接するぎりぎりで揺れている上着の内ポケットに納める。そのためには棘のような角のような突起をまたぎ、お辞儀をするように腰を三十度曲げなければならないし、その時尖ったフックの先に気をつけなければならなかった（釣り上げられた魚の口中に深く突き刺さる釣り針……）。冷蔵庫のミルクを冷たいままコップ半分ほど飲んで、歯を磨き、コップを濯ぐと、再び棘をまたいで、上着を装置から外して着、鞄を装置から外して肩に掛ける。テーブルまで戻って刀子を鞄にしまうと、あなたはどこかへ出かけてゆく。ただあなたは、眠っているあなたがまだ鞄のなかで眠っているのを知らない。夢はつづいているのだ。

あなたの鞄の中は今、二つの状態に分離している。一つは、中にリンゴがあって、そのリンゴを中心に組み立てられた空間となっている状態。もう一つは、中にオレンジがあって、オレンジを中心とした空間となっている状態。あなたの鞄の中は、同時に二つの状態であり、つまりどちらでもないとも言える。鞄の中にいるあなたの眠りによって、この二つの状態が矛盾なく結びつけられている。

二つの状態は、リンゴとオレンジが違うというだけで、他はそれほど大きく違っているわけではない。どちらの状態であっても、刀子が側面のポケットに入れられているし、二十四色の水彩絵の具が詰められた紙の箱と数本の筆の入った筒があり、F6サイズのスケッチブックがある。柄が同じでドライバーや千枚通しなど先が八種類につけかえられるキットがあり、メジャーがある。海で拾った微妙に色と質感の違う十数個の小石の入ったタッパーがあり、山で拾った数本の小枝もあった。石の入ったタッパーには波で削られて丸くなった貝殻が紛れ込んでいたし、スケッチブックには、雑誌から切り取った短編小説とポストカードのほかに、支払いの済んでいない保険や公共料金の請求書も挟んであった。別のページには、祖父の手書きによる「ウサギを捕まえる罠」の作り方を図解した古い藁半紙も挟んである。木の枝と縄でつくる昔ながらの罠だ。ペットボトルの水は、飲むためであり、絵の具を溶くためでもあり、筆を洗うためでもあった。わずかに黴のにおいのする筆をぬぐう雑巾は丸めて鞄の一番底につっこまれ、昼食にする予定の蒸かしたトウモロコシ（ビニール袋に入っている）からなるべく遠ざけられている。

では二つの状態の何が違っているというのだろうか。違っているところは三ヵ所あった。一つは、スケッチブックのある一ページに描かれている絵が違った。リンゴを中心に組み立てられた状態の鞄ではヒマワリの鮮やかな黄色と空の青が対比的に描かれてあるページに、オレンジを中心に組み立てられた状態の方では、椿の濃い赤の花と濃い緑の葉とが対比的に描かれていた（背景は白のままだ）。次に違うのは位置の問題だった。リンゴは、鞄の正面から見て向かって右側の端に上下に二つ重ねて入れられていた。しかしオレンジは、向かって左端の底に一つと、その隣にもう一つという具合に横に並べられていた。オレンジは上下も逆さまだった。そのため、入っている物は同じでも、玉突き的に順繰りに鞄の中の物の配置がリンゴの方とはずれている。三つめに違うのは穴だった。あなたの鞄の刀子の入ったポケットの底には布が破けて穴が空いている。そしてこの穴は別の空間につながっているのだが、そのつながっている先が異なるのだ。リンゴの状態の鞄では、穴はあなたのジャケットの内ポケットにつながっている。だから時々、内ポケットに入れたはずのハンカチが鞄の中にあったり、鞄の中の刀子が内ポケットに入っていたりすることがあるのだ。オレンジの状態の鞄のポケットの穴もまた、同じようにジャケットの内ポケットにつながっているのだが、こちらは二日後の内ポケットにつながっているのだった。だから時々、ハンカチや刀子がまる二日ほど見つからなくなってしまうということが起こる。そしてあなたは、この二つの状態の狭い隙間に入り込んで出られなくなってしまったのだろうか、ずっと眠っている。

鞄のなかに入り込んだままのあなたの夢では、あなたでもあるマーくんは既に高校生になっている。あなたは中学入学とともに野球を始め、地元の高校へは進まず、親元を離れて県外の強豪校の野球部で寮生活をすることを選んだ。そして、まだ一年生なので厳しい練習の後にも雑用が沢山あって暇などないにもかかわらず、寝る時間を削って毎晩夜中に寮を抜け出すのだった。練習用グラウンドが併設された寮は、学校まで専用のバスで行き来するほど山深くにある（学校と寮の間のランニングは部の伝統的な罰則だ）。夜の山中の湿った土のにおいは寮を抜け出したあなたを興奮させる。マーくんでもあるあなたにとってそれはかけがえのない時間だ。あなたはけものみちを早足で進み、それはやがて疾走と言える速度にまでなる。山には野生種の葡萄やトマト、苺などが自生している場所があり、様々なキノコ類も豊富に生える。タヌキや野ウサギ、ムササビも生息する。夜の闇と湿気のなかを進むあなたは、季節ごとの果実を鋭い嗅覚でみつけだして、それを喰らう。樹の皮を剝いて樹液で渇きをいやす。前の晩に仕掛けた罠にかかっている野ウサギを絞めて、血を抜き、丁寧に皮を削ぎ取ってその肉を焼いて食べる。残った骨は血のついた刀子と一緒に湧水できちんと丁寧に洗う。悪いキノコを食べて朝まで苦しんでいることもある。昆虫の種類による味の違いも憶えた。そして、山の土にまみれて埋まるようにして短い睡眠をとり、朝早くには厳しい練習と雑用の待つ時間に帰ってゆくのだ。

あなたのポケットにはいつも刀子が入っている。適当な枝を削って、組み、土を掘って罠をつくり、木の葉と土でそれを隠す。あなたは器用に獲物の血を抜き、皮を剝ぐ。だが、手が勝手に憶えているそれらの技術を一体誰から教わったのか、あなたは憶えていない。刀子をどのようにして手に入れたのかも分からない。そもそも、あなたにそんなことを教えられる人は周りに誰もいなかった。山の夜の闇と湿気のなかであなたは、いつも実家の柴犬を、彼とのたわむれを想い出す。あなたの兄であり父であった柴犬は、前の帰省の時にはいなくなっていた。ショックは大きいが、年齢からして当然のことで覚悟はしていた。しかしマーくんの母はあなたに、少し調子が悪いから病院に預けているだけで、お前の次の帰省の時には戻ってきているはずだなどと言うのだ。

年老いたあなたにはモチーフを求めて山道を歩くのに杖が必要だ。肩からかけられた鞄はゆりかごのように揺れるので、鞄のなかのあなたは心地よく眠り続ける。そして、あなたは眠ったままで、夢のなかでわたしの滞在するホテルを訪ねることになる。

仕事への集中を緩めたわたしが一息ついてふと我にかえると、セミの声が部屋のなかとしか思えない近い位置から聞こえていることに気づくのだ。声が、手を伸ばせばすぐ届きそうな位置から来ているように感じられる。いつの間に部屋に入り込んだのだろうか。わたしはそう思う。だが、耳を澄ませて視線を左右に振り、位置を特定しようとすると、声はすぐに曖昧に散って、窓の外にまで後退してしまうことになる。開け放した窓からセミの声がなだれ込んでくるというありきたりな光景へと収束する。外からの声が内で反響したのだと自分を納得させるわたしが仕事のつづきをしようと書きもの机に視線を戻すそのとき、机の端に、身長十五センチ程度のあなたがちょこんと坐っているのを見つけるのだ。わたしがあなたに気づいたことに気づいたあなたはわたしに向かって微笑み、その骨ばってやわらかい掌をひらひらと振ってみせる。小さなあなたは言葉を喋ることができないようで、ただいつまでも微笑みながらわたしを見つめつづけている。

机の上には今、専門誌から査読を依頼された若手研究者の論文のコピーが置いてある。これが、農園主の犬とのふれあい以外のすべての時間を犠牲にした勉強と引き換えに手に入れたわたしの仕事であり、母とわたしの生きる糧である。そしてわたしは、あなたに微笑みを返し、あなたに見つめられているのを感じながら仕事を続けるのだ。

グリーンスリーブス・レッドシューズ

姉は、あの男が過去につき合ったすべての女性たちがそうだったように帽子屋で働いていた。木曜と金曜はパンと水だけで過ごした。週末が近づくと自分の手足がとても遠くにあるように感じられるという。あんなに遠くにある手がわたしの指示通りにパンをつかみ、ちぎり、そしてそれを正確にわたしの口元にまで運んでくることが奇跡であるように思えるのだとよくわたしに漏らす。姉はしばしば、自分の両腕が抱えることとの出来る空間の大きさに途方に暮れることがあるという。ベッドに腰掛けて足の爪を切る動作を太陽の周りを廻る地球のようなスケールでイメージするのだと、姉がわたしの彼に語っていたことを後になって彼から聞いた。彼は、それを聞いて姉の腿から足先へのびてゆく素足の遠くなだらかな稜線と質感を想像してとても興奮したと言いながらわたしに迫り、耳を嚙んだ。わたしの彼はバカなのだ。

姉の目のなかで、わたしこそが眼差しである。今、わたしには姉が見ているものが見える。姉は、木曜の仕事帰りのバスの窓から外を眺めている。バスは橋にさしかかり、窓からはネオンを反射してきらきら揺れる水面が見えている。さざ波立つ水面は黒い紙の上に黄色や青や緑色の紙を細かくちぎって貼りつけたように平板で、姉にはその川面が、膝の上にあって両手を添えているハンドバッグよりも遠くにあることが上手く実感できない。

水道管が破裂して、その修繕工事で大通りが閉鎖されているためバスは普段とは異なる迂回路を通っていた。帽子屋のあるビルに近い停留所から回りくどくジグザグ曲がって自宅アパートに至る迂回経路を、姉は腹とバッグの間にある空間の内側にイメージしている。平板に見える川面も当然その内側に位置していたし、姉が住むアパートの部屋もその内側にあるはずだった。だからわたしも当然、姉の腿から膝の間のどこかにいることになる。

明日の朝食となるパンを買い忘れている姉は、バスを降りてから近所のコンビニエンスストアに立ち寄るはずだし、そこでミネラルウォーターと間違えて炭酸水を買ってしまうはずなのだが、バスに乗っている今からそれはもう既に決まっている。翌朝、目を覚ました姉が冷蔵庫からそれを取り出して飲み、むせてしまうところをわたしは想像する。

パンを食べる姉は当然それを排泄する。しかし木曜と金曜の空間の捻じれた姉の口と肛門とはなめらかには繫がっていない。姉が木曜と金曜とに口にしたパンと水に限っては、わたしの肛門と尿道から排泄されることになっている。そうなってしまう複雑な経路が姉には細部に至るまで明確に把握されているようだが、数学にめっぽう弱いわたしにはおぼろげな筋道さえイメージできていない。わたしはけっきょくのところ、そういうこともきっとあり得るだろうという形で納得し、それを曖昧に受け入れている。だからわたしは木曜と金曜には一切なにも口にしないことにしている。姉の排泄物とわたしの排泄物とを混じり合わせてしまうのは嫌なのだ。

ところで、卵細胞が受精すると細胞分裂がはじまる。分裂を繰り返し次第に大きくなってゆくまだ丸い胞胚は、一定の大きさにまで成長すると凹みを生じはじめる。これを原口陥没という。凹みはどんどん深くなり、貫通して穴になる。この穴が生物の消化器官だ。多くの生物では、凹みが生じた側が肛門になり、貫通した側が口になる。しかし昆虫においては、最初に凹んだところが口になるのだという。めくれかたが逆なのだ。だから昆虫には、からだの外側に骨のような硬い殻があり、内側が柔らかい。わたしたちは裏返された昆虫だとも言える。

殺風景な姉の部屋には一枚の絵画が飾られている。この絵は二枚一組の絵なのだという。しかし、姉がそれを購入した画廊を訪れた時にも、対になるもう一方の絵は展示されていなかった。もう一方の絵の在りかは、それを描いた画家しか知らないというのだ。そして画家は、対になる絵がどれであるのかということを、自分の心の中にだけ仕舞っていて、誰にも告げていないのだと。この絵は、彼が描いた他の絵のどれかと対になっていますが、それがどれであるのかは彼しか知りません。彼はそれを死ぬまで誰にも言わないし、何かに書き残したりもしないと言っています。画廊の女主人は姉にそう言った。この絵の対が、この世界のどこかには必ずある。しかしそれが今、どこでどうしているのかは、きっと彼にももう分からないでしょう。しかしそれでもこの作品は対になっていることは確かで、それでいいのだと彼は言うのです。そんな女主人の詐欺まがいの物言いに姉は乗せられてしまい、どこかにある対に思いを馳せ、その絵を購入することを決めた。

部屋にはまだ姉は帰っていないので、絵は今、誰からも見られてはいない。迂回するバスが渋滞にはまってしまっているのだ。姉がミネラルウォーターと間違えて炭酸水を買ってしまうことになるコンビニでは、店長が連休中のバイトのシフトのやりくりに頭を悩ませている。実は、姉の部屋にある絵と対になっている絵は、この店長の恋人の派遣先の会社の社長の家にある。社長の奥さんが画家の知り合いで、彼のアトリエを訪れた時に気に入って、画家から直接買ったのだが、そのことを夫に言い出せずに、クローゼットの奥の帽子を入れる丸い箱の中に隠して入れてあった。それは二十センチ×三十センチほどの小さな絵だが、この絵はまだ、画家自身とそれを買った社長の奥さん以外誰にも見られたことがなく、そのまま、三年後の引っ越しのどさくさで行方不明になってしまう。

アパートの階段の方から音が聞こえる。わたしの彼がここへ向かっているのだ。彼の足音の癖をわたしは分かる。彼は、自分自身に背負われているような歩き方をする。彼の足もとをすり抜けるようにして猫が階段を下ってゆく。彼は少しの間足を止め、鈴の音が後に残る。姉はようやく自分の部屋にたどり着く。バッグをキッチンの椅子の上に、コンビニで買ったパンをテーブルの上に置き、ミネラルウォーターと間違えて買った炭酸水を冷蔵庫に仕舞う。この時も姉には、自分の手の先に（手の内に）あるものの距離感がよく摑めていない。自分と、自分の手の先にあるものの距離という時に、手の先にあるものとの関係を測る起点となる「自分」の位置からしてよく分からないのだ。自分が摑んでいるペットボトルの冷たさは、自分に対してどの方向のどれだけの距離のところにあり、パンの香りは、どの方向のどれだけの距離のところにあるのか。しかし、そんなことは分からなくても、ペットボトルを冷蔵庫に仕舞い、外出着から部屋着に着替えることに何の支障があるわけではない。姉のクローゼットには、職業柄たくさんの帽子が詰め込まれていて、それらは皆、型崩れしないようにしっかりした箱の中におさめられているので嵩張るのだ。姉のクローゼットはとても深い。

わたしの前にあらわれた彼は、てっぺんのとんがった不思議な形のニット帽をかぶっていた。娘からも小人みたいだねと言われたんだよと彼は照れ笑いしながら言う。彼は、娘がいるという設定で、よく娘の話をする。今日は娘の誕生日だったと年に何度も言う。わたしの部屋のクローゼットには円柱形をした帽子箱は一つしか入っていないし、箱の中に帽子があるわけでもない。わたしのクローゼットは深くないのだ。箱の中には身長が五十センチほどの人形が入っている。彼が娘の話をするたびにわたしはこの人形のことを思い浮かべる。ほら、と言い、これが娘だと言って彼が見せる写真には毎回違う女の子が写っている。年齢も、生後数ヵ月くらいから五、六歳くらいまで幅がある。時には古いモノクロの写真を見せられることもある。その娘たちは彼にとって皆娘であり、一人娘なのだ。わたしは冷蔵庫から炭酸水を取り出し、彼の前に置かれたコップにそそぐ。彼はニット帽を脱いで膝の上に置き、炭酸水に口をつけてからポケットのなかの小さなガラス瓶を取り出す。枇杷のジャムのようにも見える瓶の中味は実は蠟で、火をつける芯になる紐が中心にある。彼は蠟燭に火をつけ、煙のにおいがひろがり、わたしは部屋の灯りを消す。

壁から二本のフックが獣の角のように飛び出している。不自然に張り出したフックはわたしが部屋を借りる前からあるものだ。彼がそこに鞄から出した古い自転車のタイヤの中のチューブをひっかける。チューブの上部は二本のフックの間でピンと張り、下部は重力でだらっとなって逆三角の形になる。フックが角で、チューブは獣の頭部の輪郭に見立てられている。わたしは、チューブの下のところに青と黄色と緑色のハンカチを結びつける。ハンカチは一応、獣の髭か涎のようなものに見立てられているのだが、なにかひらひらした、過剰な、装飾的なものがほしいという気持ちがそれを結んだ主な理由だ。壁に閉じこめられ、しかし壁から這い出してきそうにも見える獣の頭部の輪郭が、蠟燭のオレンジの光でゆらゆら揺れる。わたしと彼はそれを見つめる。もっとジャラジャラしたデコレーションがほしいと思い、さらにある限りの洗濯バサミをハンカチの部分に挟んでつけた。押入から季節外れの扇風機を出してきて風を当てると、そのジャラジャラが擦れて音が鳴り、獣の吐息のように揺すられる。扇風機が首を振るリズムで、獣の荒い呼吸と心拍が伝わってくるようだ。

壁はこの世界と別の世界とを仕切り、仕切ることで接しさせている。獣はむこう側から二本の角をこちら側に向けて突き出している。チューブやジャラジャラはあくまでこちら側のモノで、獣を具体的に感じるための助けに過ぎない。それでも風を受けたジャラジャラの揺れが獣の生臭い吐息を運んでくるように感じられる。蠟燭の揺れる光は壁を壁ではなく柔らかな膜のようなものに見せる。膜はこちら側へと膨らんだりむこう側へと凹んだりする。

さっき階段で彼とすれ違った猫は、こちらの世界の姿は猫だがむこう側では獣たちのうちの一頭だったこともある。アパートの階段を下りながら猫はもう少しでそれを思い出しそうになってやや速度を緩める。猫はその兆候を自分の身体サイズへの違和感を通じて感じた。カンカンカンという軽い音を立ててリズミカルに階段を下る動きがどこかそぐわない気がした。軽々と階段を下りながら、その行為と世界との噛み合い方が間違っているように思われた。気をつけろ、それでいいのか、調子にのっていると足をすくわれるぞと、どこかで誰かに忠告されているようではないか、と。だがそれは一瞬の躊躇であり、ほんの二歩ばかりの脚の動きの速度を緩めさせただけだった。思い出すところまでいかないのだ。何事もなかったかのように階段を下り切り、猫は飼い主の元に戻る。そして、猫が飼い主の眠っているベッドの足もとで丸まり、眠りにつくために瞼を閉じたその時、わたしの部屋の壁に接している獣の目が開くのだ。

するとと同じ時間に姉が夢のなかで目を開く。姉は夢のなかで両腕を前に伸ばす。腕はどこまでもどこまでも遠くへと伸びている。その左腕の内側には川が流れていて海に注いでいる。右腕の内側には水道管が通り、それは途中で破裂していて工事がつづいている。

雨が降り始めたので作業員たちは皆黄色いレインコートを着て工事をしている。作業のリーダーは、最近感情が不安定な妻との口げんかの最中に一報を聞いてそのまま駆け付けたが、思った以上に面倒な工事で今晩は徹夜作業を覚悟することになるかもしれないと思い始めている。彼が最も信頼している若手作業員の表情がここ数日いまひとつすぐれないことも気がかりだ。タイミングを見計らって声をかけてみようと思っている。

階段を下り切った猫は、すぐ先にある駐車場で地べたに腹をぺったりつけてあくびをする。車は一台も停まっていなくて、仕切りの白いラインが街灯に照らされている。一度掘り返されてそこだけ微妙に色の違うアスファルトがこんもりしているあたりに猫はいる。ほろ酔い加減の女性が猫を見つけて携帯電話についたレンズを向けて近づいてきたので、それを嫌った猫は立ち上がって敷地の隅に走り、金網のほころびから外に抜ける。携帯電話に内蔵するカメラのシャッターは押してから作動するまでの時間差が大きいので、女性の写真に猫は写らない。しかし、猫が写らないのは実はシャッターが遅いせいではなく、猫は今、飼い主のベッドの足もとにいるからなのだ。駐車場の隅の金網のほころびは、姉の左腕の内側にある川原に繋がっている。

猫は飼い主の足もとで丸まっている。猫は雑草の隙間を抜けて石ころの川原に出る。水の匂いと音がして、暗い川面に街灯が反射しているのが見える。猫はでこぼこした石の上を器用に歩き、上流に向かって進む。猫は飼い主の足もとで丸まっている。

壁から突き出た二本のフックの角の少し下あたりに、獣の二つの目がふいにあらわれて開かれる。わたしはその出現を確かに見る。同時にわたしは、蠟燭の光をかざしてこちらを見つめているわたしと彼の姿を見る。獣(わたし)の方を見ている彼がキャンキャンと子犬のような吠え声をあげるのを見る。わたしがこちらを見ているのを見る。

雨はますますひどくなるので、工事はますます遅れることになる。撥水性で水を吸うはずのない黄色いレインコートに時間とともに水の重みが加わってくるようだ。足もとも手もとも滑るので通常よりも安全のための注意がより必要となり、疲労した体にはそれがさらなる負荷となる。雨やレインコートはただでさえ人を内へとこもらせる。それが思わぬ落とし穴を生むことも経験上知っている。リーダーはどんよりしがちな雰囲気を少しでも和らげるために積極的に声を出した。それはちらちらと頭に浮かぶ妻の不機嫌な顔と気がかりをかき消すためでもあった。だが、作業が遅れ、皆の疲労が重く滞るにつれて、不思議なことにここ数日ふさぎがちだった若手作業員の顔つきも動きも少しずつ生き生きしはじめたのだ。リーダーもそれには気付いたが、その意味は測りかねた。若手作業員は、窮地に追い込まれることで真価を発揮する資質をもつのか、それとも一見生き生きしはじめたように見えるこの感じこそが本格的にヤバくなる兆候であるのか。リーダーの頭には妻のこともあるのだ。

全体の作業の効率が目に見えて落ちてきたので、リーダーは全員に休憩を指示した。近くの自販機であたたかい飲み物をたくさん買い、一人一人にご苦労さんと声をかけながら配る。飲み物が行き渡り、リーダーも歩道との段差に腰を下ろしてプルトップを開けてほっと一息ついた時、若手作業員が声をかけてきた。お疲れのところすいません、ちょっといいですか。ここ数日ずっと、リーダーの顔が誰かに似ているような気がして気になって仕方がなかったんです、しかしそれが誰なのか、ほんとうにここまで出かかっているのにどうしても出てこなかった、でも、それがたった今思い当たったんです、娘です、わたしの娘だったんです。

眠っている姉のいるアパートの外では雨は降っていない。

娘という言葉に反応したのは彼ではなく、わたしのクローゼットのなかの人形だ。人形の右手が軽く二回ほどカタカタッと揺れたのをわたしは確かに感じた。獣の目はあれ以来閉じられたままで、蠟燭はもうすぐ燃え尽きてしまう。灯りをつけると、彼はまたてっぺんのとんがったニット帽をかぶっていて、にこにこ笑っている。彼は欲情するといつもにこにこする。屈託ない満面の笑顔ははやくベッドに行こうという合図なのだ。そしてその時にわたしは彼から姉の爪切りの話を聞いた。そして耳を嚙んでくる。要するに彼はバカなのだ。

壁の獣は目を閉じ、雨の音を聞きながらゆっくりと大きな呼吸を繰り返す。わたしと彼が去って真っ暗になった部屋のなかで、その呼吸にあわせて壁がゆっくりと膨らみ、ゆっくりと凹む。獣は、草原を移動する何万頭もの群れのうちの一頭だ。来る日も来る日も、何週間も、何ヵ月も、獣の群れは草原を移動しつづける。そもそも獣には週や月という感覚はない。赤道に近い草原では季節による変化も小さい。獣には旅立ち（出発）という概念も目的地（終点）という概念もない。しかし、過去という感覚がないわけではない。草原を移動しつづける獣は、草原を移動している今とは少しずれた場所にある、草原を移動していた別の時間があることを感じている。移動していた別の時間は、移動している今よりも少し遠いところにあり、そして、少し厚い感じがする。近くて薄いものと遠くて厚いものの二重映しのイメージのなかで、何かに急き立てられるように獣は移動している。二重映しの層のずれから、時折ふと、なつかしさや、疲労感、倦怠感、寂寞感、底なしのとりとめのなさへの恐怖といった感情の萌芽が浮かんでよぎることもある。しかし感情はすぐに流れ去り、それは、目が見ている空を飛ぶ茶色い鳥が飛び去ってゆくのとかわりなく、何も残さず留まることがない。獣は流れ去ってゆく感情をここに結びつけておく術を知らない。今、四つの脚を動かしているリズムがあり、背後にはかつて脚を動かしていたリズムの集積の残留が響いている。背後のリズムのなかからふいにこちらを見る目が開かれるのを感じることがある。何万頭分の足音がたてている地響きと背後にあるリズムとは混じり合い、その交響のなかで、足もとの草の緑の濃淡が変化し、空の色が変化し、風向きが変化し、胃のなかの食物の量が変化し、気温や湿度がかすかに変わり、群れの方向が変化する。まとわりつく虫を尻尾が追い払うことは意識にのぼらない。何万もの心臓の鼓動があり、呼吸の繰り返しがある。生臭い息が吐かれる。獣は、今より少し遠い過去よりもさらに遠くに雨の音を聞いている。それは遠くから確かに聞こえている。雨もまた獣の足音を聞く。獣はまだ雨を知らないし、この先に知ることもないが、雨の音は獣を知っている。その音の内に獣は含まれている。

はじまりも終わりもない移動と移動との間の休息の時、獣は足もとの草を口に頬張り咀嚼する。口のなかで嚙み砕かれすり潰された草は唾液と混ざって口中から食道、胃へと移動する。すり潰し切れない繊維質はそのまま移動する。草を食べている今は、草を食べた過去の感触を巻き込んでいる。咀嚼しながら過去に咀嚼した草の幻が召還される。草を食べている、草を食べたことがある。獣の排泄は移動しながらされる。今、排泄している、排泄したことがある。排泄物はかつての排泄物を召還する。何万頭もの獣が排泄している、排泄したことがある。これからも排泄する。

わたしの夢のなかで獣を見ている彼の目はおびえた子犬のようで、口からはキャンキャンという恐怖と服従を表わす鳴き声が口パクのように漏れている。獣は草食だから子犬に危害を加えることはない。むしろ肉食である犬の捕食物ですらあり得る。それは体が弱って群れを離れた個体に限るのだが。それでも彼は恐怖に支配される。だから彼の恐怖は自身の身の危険に由来するものではない。彼の小さな体は恐怖に貫かれ、毛は逆立ち耳もヒゲも尻尾も硬直し、四つの脚は震えて、もう吠えることさえできなくなっている。鼻先もカサカサ。見開かれたままの目は凍りつく。見かねたわたしは彼にてっぺんのとんがったニット帽をかぶせてあげる。わたしは目覚め、わたしの夢のなかの彼は救われる。

娘の夢を見ていたんだ、と、わたしの隣で目覚めた彼が言う。娘は部屋で一人、プラレールで遊んでいた。娘の姿は、時にモノクロ写真のように色を失い、時に古いカラー写真のように像がくすみ、時に解像度の高いデジタル写真のように細部がギラギラしていた。次々に見え方が移り変わっていくんだ。輪になったレールの上を三両つながった車両がぐるぐる回ってる。娘は手を叩き、歓声を上げ、ぴょんぴょん飛び上がって上機嫌でそれを見ている。車輪がレールの継ぎ目にかかるカタンという音と、周期的に鳴るようになっている汽笛がリズムを刻んで、いつの間にか娘はそれに誘われて踊りだしている。歓声はなだらかな音階の上下をもつ歌声にかわっている。ぷるるるるるっぷ、とっるるるるるるっとぅー、たらららららるっぷ、るらるらるらるるっるー。娘の踊りはだんだんプラレールとは関係のない自律的なリズムをもつようになる。踊りは娘の気分から生み出されたものというより娘の気分を支配するものになったようだ。娘は踊らされている。プラレールの車両はぐるぐる回り、娘は踊りつづける。時間の感覚がなくなってしまうくらいにいつまでもいつまでもそれがつづいた。唐突に、窓の外から子供たちに帰宅を促す「夕焼け小焼け」のメロディが聞こえてくると、外から差し込む光が一瞬でオレンジ色に染まって、そしてそれが徐々に弱くなり薄くなってゆく。プラレールの車両はぐるぐる回っているし、娘は踊りつづけているけど、だんだん見えなくなってゆく。完全に暗くなってなにも見えなくても、回るものがくるくる回り、歌うものが歌い、踊るものが踊っている音がする。

窓を開け放したままの真っ暗な室内から機嫌良さそうな女の子の歌声が聞こえてくる。バタバタと跳ねるような踊るような物音も聞こえる。パンと炭酸水の入ったコンビニ袋をぶら下げてアパートへと帰る途中の姉はしばらく立ち止まってそれを聞いていた。ぷるるるるるっぷ、とっるるるるるっとぅー、たらららるっぷ、るらるらるるっるー。メロディはどこかで聞き覚えがあるような気がした。姉の頭のなかでは、わたしのクローゼットの奥の人形が狭い帽子箱のなかで踊っているイメージが生まれていた。姉のイメージでは人形は赤いドレスを着ているが、わたしのクローゼットの人形のドレスは緑だ。円柱形の箱は円形のステージで、内側にはぐるっとこの街の風景がパノラマで描かれている。人形がリズムに乗って飛び跳ねる度に、光沢のある緑（赤）のスカートがふわっと揺れる。ステージは狭いので一歩踏み出してはすぐにターンすることになり、緑（赤）のスカートはふわっと広がる。ターンして、踏み出して、ターンして、踏み出して、ターンして、結果として人形は箱のなかでくるくる回ることになる。人形はとても機敏で軽やかに動くことができるので、箱の狭さは大した問題ではない。

深い深い姉のクローゼットの奥にあるすべての帽子箱のなかの帽子

が、今夜一度だけ一斉にくるっと三百六十度回転した。それはとてもひっそりと行われた。そんなことが起こることはもう決してなかった。

姉の働く帽子屋の店内は真っ暗で、何一つ動くものはない。警備会社に通じているセキュリティシステムが作動中であることを示す小さな灯りがぽつんと灯っているだけだ。控室にある冷蔵庫がうなるような音をたてる。冷蔵庫のなかのプリンにはマジックペンで姉の名が記されている。

姉が女の子の歌声を聞いた窓は生け垣に囲まれている。生け垣はベニバナトキワマンサクで葉の多くが赤く染まっている。庭には家の主人が娘のためにつくった手作りの小さなブランコがある。しかし家の娘はもうそのブランコに乗って遊ぶような年齢をすぎてしまっていた。大学に合格した娘はこの春から一人暮らしを始めて実家を離れている。中学高校の頃はその存在すら忘れていたブランコのことを娘はたびたび夢に見るようになる。ブランコで遊んでいる夢ではなく、ただブランコがそこにあるというだけの夢だ。そして娘の前でブランコは一度だけゆっくり揺れる。ブランコは、生け垣に囲まれた実家の庭にあるだけでなく、いろいろなところにあった。部室へ向かうためにサークル棟の階段を昇っていると踊り場にいきなりあったし、バイトをしている居酒屋で休憩時間に控室に戻った時にもそこにあった。大型チェーンのレンタルビデオ店の駐車場や、行きつけの古着屋の試着室のカーテンを開いたところにもあった。サークルの先輩が所属するゼミの実験室に遊びに行った時に、薬品を保管する棚の戸を覗いたらそのなかにブランコのミニチュア模型があったなどということもある。

バイトの帰り道、大通りが工事のためにバスが迂回路を通り、その上渋滞にはまって帰宅がすっかり遅くなって疲労している娘が、部屋に戻って部屋着に着替えようとクローゼットを開くと、また、あのブランコがあった。ああ、これはまた夢なのかと思い、夢であるなら着替えもメイク落としも必要ないとそのままソファーにぐったり腰を下ろす。飼っているはずもない猫が足もとにじゃれついてきたとしても夢なのだから何も疑問はもたず、そのまま放置して目を閉じる。なにしろとても疲れているのだ。まるで一睡もせずに徹夜で働いていたかのように疲れている。しかし猫はしつこく足もとに絡みつくだけでなく、ソファーの上に登ってきて前脚を膝に乗せ軽く引っ掻くようにして、娘の顔を見てはニャアニャア鳴くのだった。娘は思う。今わたしは、あたかも雨のなかで徹夜の工事作業を終えて帰ってきたかのように疲れている、もしこの疲労が、この夢のなかのリアルなのだとしたら、この猫はわたしが働いてこの疲労に達するくらいの時間と同じ時間だけなにも食べていないということになるのかもしれない。あるいは、わたしの疲労とつりあうくらいに空腹なのかもしれない。娘はそんなことを思いついてしまったことを後悔する。このまま何もせず何も気にせずに眠ってしまいたいのに、完全に眠りの側に落ちそうになる度に、猫への気がかりがひっかかって、意識の側に引き戻されてしまうからだ。境界線を何度か行き来した後、娘はあきらめて立ち上がる。猫など飼った覚えはないが、この夢がそのような設定ならばキッチンの棚のなかにキャットフードくらいあるだろう。娘は皿に入れたドライフードを猫に出した後、シャワーを浴び部屋着に着替えてからベッドに入ることにする。食事を終えて満足した猫は、しばらく毛づくろいをしてから既に眠っている娘の足もとあたりで丸くなる。

娘はこの七年後に夫を連れてベニバナトキワマンサクの生け垣のある実家に戻り、そこで両親と夫と四人で暮らすようになる。娘に娘が生まれるのはその三年後のことになる。

ようやく工事を終わらせることのできた作業員たちは、いったん事務所に戻ってからそれぞれ帰途につくという段取りだ。工具を倉庫に片づけたり、びしょ濡れの黄色いレインコートを干したりするという仕事がまだ残っている。事務所へと向かうライトバンのなかで、全身に行き渡る疲労が車の振動と響きあうのを感じながら、若手作業員は娘のことを考えている。娘は今ベッドでぐっすりと眠っているだろう。そしてその足もとには猫が丸くなっているだろう。雨は依然として降り続け、空はまだ明るくはならない。車は川沿いの道を走っているが、川原に灯りはなく闇に沈んでいる。プルトップを開けるプシュッという音がして、香ばしさが車のなかに広がる。誰かが缶コーヒーを飲んでいるのだ。若手作業員は娘のことをしばし忘れコーヒーの香りを鼻で追いかける。ミルクが多めの甘い香りだ。普段なら嫌いなはずの缶コーヒーの甘ったるい味を、若手作業員は自分が実際に飲んでいるのと変わらないほど正確に想像する。

ライトバンはコンビニの前を通り過ぎ、闇に慣れた目にふいに入ってきた明るすぎる照明に若手作業員は目を細め顔をしかめる。まぶしさは彼の目に光の残像を残す。若手作業員はその残像のなかにヴィジョンを見る。見渡す限りに緑が広がる土地で、何千、何万という獣たちが群れをつくって移動している。何千、何万という獣の毛の一本一本や毛穴のすべてが同じくらいにクリアーに等距離に見えている。それは過剰な感覚が一挙に押し寄せているため見えていると同時にほとんど何も見えないのと等しいとも言える。その広大な風景はそのまま小さな箱のなかに閉じ込められてもいる。それは直径四十センチ、高さ二十センチほどの円柱形の箱だ。若手作業員は自分が見ているのはその箱で、それが目の前に浮かんでいることは分かっているが、彼の視覚は広大な広がりと無数の獣たちに釘づけにされていて箱（外枠）を見ることは出来ない。ある獣の尻尾が蠅をよけるため大きく揺すられ、別の獣の口からヨダレが零れ、また別の獣の左わき腹には小さな傷があって血が滲んでいて、またまた別の獣が踏みつけた草の下にはすんでのところでつぶされそうだった小さな甲虫がいて、その甲虫の体表が光を反射して玉虫色に輝き、その輝きを目にして気を取られたまたまたまた別の獣の足取りがすこしだけ乱れるという、そんなこんなをすべて同時にべったり認識する。若手作業員にはそれを見ているという意識をもつ余地さえなく、彼はほとんどその光景そのものですらある。

その内部で何千、何万の獣たちが移動している直径四十センチ、高さ二十センチの円柱形の箱型ヴィジョンは若手作業員の元を離れた後もしばらくそのまま存続した。やみ切らない小雨の降る明け方の街をふわふわ浮かんで漂っていたが、雲が晴れ、日が昇り、光が射すようになる頃には消えていた。

わたしが目を覚ます頃には彼は既にいなくなっているはずなのだ。ぐっすり眠っているから起こさないけど、今日は娘に会える日なのでいったん帰って着替えてから出かけるつもりだから始発で帰るという書き置きを彼は残す。二本のフックにひっかけられていたチューブはなくなっていて、その替わり、酒や野菜、肉、榊などがお供えしてある。獣は草食なのだと何度言っても彼は理解しないのだ。

今日は娘から進路についての話を聞くことになっていると彼は書き置きに書いている。今朝の設定では彼の娘は中学生なのだ。娘は誰に似たのか勉強がよくできる。数学や社会は得意だが英語が弱点だ。担任は数学の教師でマシュマロのように太っていていつもジャージ姿でいる野球部の顧問だが、彼は本当は数学も野球も好きではない。部活の顧問は責任者であってコーチではないので無理をする必要などないのに、担任はろくにできもしないノックを買って出て野球部員の失笑を受ける。頭がよくて性格の悪い男子生徒が授業中にわざと彼に答えられないような難しい質問をすることがしばしばある。担任は赤いほっぺの困った顔で次までに調べてくると言って謝罪する。娘はその男子生徒を軽蔑しているが意識もしていた。意識していることを認めたくはないのだけど。娘とその母親（別れた元妻）が担任と三者面談のテーブルを囲む。その日娘は放課後、時間まで図書室でぼんやり外を眺めて過ごす。ブー男は今日はシンロシドーで練習に来ねえぜとグラウンドの野球部員たちは口にする。間延びした校内放送が誰かを呼び出す。娘は図書室の窓から校舎へ向かって来る母親の姿を認めて一階まで降り、二人はそろって進路指導室に向かう。娘がそこで口にする進路の希望は、担任が事前に調査していたものとも母親が聞いていたものとも違うものだ。それは誰が聞いても突飛なことなのだ。当然そこでひと悶着あるのだが、娘は気まぐれで人を混乱させて楽しむような性格ではない。彼女にはなにか考えがあり、決していい加減ではない決意がある。彼はその話を聞きにゆく。

ベッドで眠っている娘の足もとで丸くなっていた猫が何かに気づいたようにふと顔を上げる。立ち上がって、音もたてず素早くベッドの下に降りる。ただ鈴の音だけは微かにたつ。ジャンプを何度か繰り返して器用にノブを操作してドアを開けて外に出る。暗い階段を迷いなく降りる。玄関の扉の横のはめ殺しの磨りガラスからうっすら明るくなりかけている外の光が見える。玄関から外へ出られないのは分かっているのでキッチンに向かう。途中に椅子を経由してシンクの縁に飛び乗り、前足を使って窓を開いてわずかな隙間から外に出る。窓の外側に面格子があるために、その窓の鍵はいつも閉められないことを猫は知っている。

地面は先ほどまでの雨でぬかるんでいる。猫は水たまりを避け、カラスが散らかした集積所のゴミをすっと飛び越えて歩いてゆく。マンホールの下から水が流れる音が聞こえる。気がつくと猫の後ろにも別の四、五匹の猫が歩いている。猫たちは同じ方向に向かっている。角を曲がるとさらに十匹ほど合流する。彼らが川沿いの通りに達する頃には、通りはびっしりと猫たちの大群で埋まっている。彼らはすべて上流の方向へ向かっている。

何千、何万という猫たちの群れは、姉の左腕のなかを肩の方へと向かって移動しているのだ。肩の根本にたどり着いた彼らはそこで方向を換え、食道から胃へと向かって下ってゆく。そして、小腸から大腸へと至る途のどこかで空間がよじれていて、彼らは次々とわたしの腸のなかへと転落してくるのだ。だが彼らはその程度のことで挫けることはなく、蛇行するわたしの長い長い大腸を歩き切り、直腸から肛門へと至ることになるはずだった。

彼は早朝、わたしの部屋から駅へと向かう途中で、直径四十センチ、高さ二十センチの円柱形の箱型ヴィジョンと遭遇した。それはもう消える寸前の最後の残りカスだったので、彼が見たのはどこまでも続く緑の広がりと遠くかすかな地響きだけだったけれど。でも彼はその時、昼過ぎに喫茶店で待ち合わせている娘に会ったら今ここで自分が見たものについて一生懸命に伝えなければならないと思う。

目を覚ましたわたしはコーヒーを淹れる。香りが部屋に広がるがそれを口にはしない。重たい腹を押さえてトイレに向かいゆっくり時間をかけて排便する。洗面台で手を洗うわたしを鏡が映す。そしてわたしはそこに、髪の生え際より少し上辺りの中心部から髪をかき分けるように角が一本にょきっと生えているのを発見する。バネで出来ているみたいに、指で押すと引っ込むが離すとまたぴょこっと飛び出てくる。ちょうど同じ頃、姉もまた自分の頭から生え出ている角を鏡のなかに発見している。姉は、深い深い姉のクローゼットを開き、角を隠すのにちょうどいい帽子を探し出すだろう。帽子をかぶった姉はバスに乗って職場へ出かけ、今夜はあの男と会うだろう。だがその前に、冷蔵庫の炭酸水を飲んで少しむせる。

ライオン

は

寝ている

犬は糞をするとき体の向きを地磁気に沿わせて南北方向にする。一番古い記憶の一つでわたしは犬の傍らにいる。アルバムのなかには犬の隣で思い切り笑っている小さいわたしの写真がある。すぐ脇には犬小屋が写っていて、だからそこは家の庭だ。でも、最初の記憶のなかの犬の傍らのわたしが何処にいるのかは定かでない。首輪をした犬はリードにつながれ、そのリードはわたしが持っているのではない。わたしはしゃがんで犬の毛並みに触れている。記憶は視覚的なもので、毛並みの感触も犬の暖かさも呼吸による体の震えもその記憶には付随していない。まるで他人事のように、わたしはそれを思い出す。

わたしが夜中にベッドで目覚めるときにいつもどこかで戸が開く物音がする。音で目覚めるのではなくて目覚めると音がする。姉とあの男が二人でこっそり家のなかで何かを探しているのだ。真っ暗でも明かりは灯さずに。姉はその男のことを弟と呼ぶ。姉から弟と呼ばれる男はわたしには見えない。見えない男は姉の手を取って暗闇で姉を導く。わたしは息を潜めて気配を探る。親密そうな話し声が聞こえる気がする。しかし何を言っているかまでは聞き取れないし気のせいでないという確信もない。ただ、次々と戸が開かれては閉じられ、足音が移動するのが聞こえる。

その足音が消える。二人は階段を上りはじめたのだ。男には暗闇は何ほどのこともないが、姉を気遣って一歩一歩確かめるようにゆっくり、そっと足を出すので足音が途切れる。その間も二人の話し声はつづく。いや、親密さがざわめきのようにわたしに届くだけかもしれない。古い木造の階段はそれを踏んだ多くの足たちによってすり減っていて、緩いカーブで中央に向かってわずかな凹みがあって滑りやすい。足音は消えても木の軋む音はたつ。トン、トンと打つような足音と、ギシッと響く軋みとでは音の伝わりが違う。軋みは家そのものを震わせ響かせる。

外は大雪で、雪がすべてを覆い隠すほどに積もっていると想像してみる。今日は七月十一日。そんなはずがないことは知っているが、外から来る音を遮断したいためにそう考えることにする。雪に包まれたときの音の無さは零というよりマイナスで、圧の差によって聴くという行為が耳から引っ張り出され、からだの周囲にまで這いだしてしまうようになる。家全体がわたしの耳の内側になる。姉は裸足だが見えないその男は靴下を履いているはず。先ほどの足音からわたしはそう判断する。

兄さん！　姉はその男が兄さんにそっくりだと言うんだ。まるで恋人の話をするかのように男の話をする。しかしまだほんの子供なのだとも言う。そんな男はどこにもいないじゃないかとわたしが言うとき姉は悲しそうな顔をする。誰もいない右腕の、肘のあたりにすっと視線をむける。姉にとって弟ならばわたしにとっても弟であるはずだ。でも姉は、あなたには関係ない、この子はわたしの弟なのだからと言う。そして右腕を、肩を抱くような形にする。頭をなでるようなしぐさで空をなでる。

わたしのベッドは押入れのなかにある。二段になっている押入れの上の段だ。わたしはトナカイの毛皮のジャケットを着込んでベッドのなかにいる。トナカイの骨を削って作った縫い針に、トナカイのじん帯をより合わせてつくった糸を通して、トナカイの毛皮を縫い合わせてつくる。シベリアでは四万年前からそのようにしてつくった毛皮を着ているという。完全には消えることのない獣のにおいと血のにおいが体温で温められてわたしのまわりに籠る。戸を閉めた真っ暗な押入れのなかでわたしはそれを自分の体臭のように感じる。毛先がわたしの頬をくすぐる。わたしはかつてトナカイだった頃のことを思い出しそうになる。それと同時にトナカイの肉を食べた記憶も出かかっている。雪に覆われた平原をトナカイの群れが走っているのがわたしには見える。だけどそれは昨晩わたしがテレビで観た光景にすぎない。群れが野生でないことは、トナカイの首にカウベルのようなものがついていることで分かる。群れはソリに乗った男に従えられている。トナカイとソリは雪の上を乱暴な速さで滑る。滑らかな雪の表面が足跡とソリ跡で荒れる。男もトナカイの毛皮を着ているし、頭からは立派なトナカイの角さえ生えている。それが兄の姿なのだと仮定してみよう。

一日の終わりに兄は群れのなかから一頭を選び出す。今日は狩りの獲物を逃して食べるものが何もないからだ。トナカイの正面にまわり両腕で角を摑んでぐっと力を込めて押さえつけ、頭を下に向けさせる。すると抵抗が止まる。すかさず首の後ろのある一点にキリのような鋭利に尖った金属の棒を突き刺す。トナカイは一撃で崩れ落ち、びくびくっと数度痙攣した後横たわってすぐに動かなくなる。白い雪の上に赤い円状の滲みが出来るが、刺す位置が的確なので出血は驚くほどに少量だ(血抜きは、改めてするのだ)。兄は腹からナイフの刃を入れ、肉から毛皮をきれいに切り取るところから解体をはじめる。周りを子供たちが取り囲み、複雑な表情を浮かべながら、兄のする段取りの何一つたりとも見逃すまいと手つきに注意を向けている。ナイフが肉と皮とを的確に切り分けている。獣の血と脂のにおいが漂う。子供たちはいつか自分にもそれをする日が来るということを恐れているが、しかしどこかで待ち遠しくも思っている。神妙な顔ながら頬は酔ったように紅潮している。そんな兄と子供たちを、グループのリーダーであるマリーナ・ニコラエワが少し離れたところから見守っている。マリーナ・ニコラエワ？　誰？　これもまた、昨晩わたしがテレビで観た光景であった。

その子供たちの輪のなかにはまだ子供だったかつての兄の姿もみることができる。既に小さな角が生え始めているので同じような年恰好の者たちのなかでもすぐにそれと分かる。角を少し重そうにしているので立っている姿勢も独特なのだ。子供の兄は大人の兄を熱く見つめている。

テレビから借りた兄の姿を、姉が誰かの肩を抱くような形で曲げた右腕の内側にすっぽり収まるサイズにまで縮小して想像してみる。わたしはそのようなやり方で、あの男の姿を想像し、存在を感じようとしている。ただし、あの男には角がないこととする。

一体どこに隠れているんだろうね、姉さん。あの男はひそひそ声で姉に話しかける。男の問いに姉は笑顔だけを返して、階段を上り切ってすぐのところにある部屋の扉に手をかける。今、こうして姉が手を伸ばすまで、そんなところに扉があることをわたしは知らなかった。おそらく姉も、たった今気付いたばかりであるはずだ。長い時間、誰からも気付かれることのなかった扉は、それに気付いた姉の手によって音もなく、あっけなく開かれる。たった今この世に出現したばかりの扉の奥の暗い広がりでは、埃っぽい空気のなかに、古く黄ばんだ紙のにおいが混じっている。声をたてず口の形だけで「わあっ」と言い、男は暗闇を気にすることもなく部屋のなかに吸い寄せられるように入ってゆく。勢いよく数歩踏み込んだところで姉の存在を思い出し、扉まで戻って、姉の手をとって、今度はゆっくりと歩みを進める。

ここは書斎みたいだね、姉さん、本棚がいっぱいあって、奥には机がある。

部屋は畳ではなく板張りで、たっぷりと埃の積もった床には、裸足の姉と靴下を履いた男の二種類の足跡がくっきりとついているはずだ。つまり二人の足裏はきっと真っ黒だ。わたしはそれを二人の足音のかすかな籠りによって感じている。二人は部屋の一番奥にある机の前まで歩いてゆく。姉さん、ここに机があるよ、ずいぶん立派な机だ、と言って男は姉の手を机の上に導く。暗闇で見えない姉は両手を恐る恐る机の上に伸ばし、姉の手は、古い本のざらついた布張りの表紙や、開いたまま干からびたページ、金属製の文鎮、長い時間で弾力を失った消しゴム、錆の出た万年筆、中味の干からびたインク瓶、書き損じて丸められた便箋などに次々と触れて、一つずつその感触を確かめてゆく。紙はもう黄ばんだ上に乾燥してパサパサになっていて、強く握ると砕けてしまいそうだ。古いものたちは姉の手から油分を奪い、摩擦が肌を傷ませ、姉は指の腹にヤスリに擦られるような痛みすら感じる。しかし、机の上をくまなく触れてまわる姉の手が触れることの出来ないものが一つあった。

机の中央に、水の入った真新しいガラスのピッチャーがある。丸くて、上にいくにしたがってその円は少しずつ狭くなり、注ぎ口の近くでまた少し広くなる。ピッチャーも水もきれいに透き通っていて、ピッチャーの表面には水の冷たさの証しのように細かな水滴がびっしり貼りついている。さらに、水の中には八分の一にカットされた新鮮なレモンが一つ浮かんでいる。光のないところに色などあり得るのか。しかしレモンは暗闇のなかでもなお新鮮に黄色いのだ。わたしの口中に唾液が滲み出る。どうやらそのピッチャーの存在を感知しているのはわたしだけのようで、姉の手は何度もそこを素通りし、闇に眼が利くあの男もそれに気付かない様子なのだ。

兄さん！　わたしはそれが、まだ一度も会ったことのない兄さんからのわたしへのメッセージなのではないかと思ったのでした。会ったことなどなくても、兄さんとはこのトナカイの毛皮のジャケットで繋がっているとわたしは信じています。トナカイの骨を削って作った縫い針に、トナカイのじん帯をより合わせてつくった糸を通して、トナカイの毛皮を縫い合わせてつくる、シベリアでは四万年前から着られているというこのジャケットによって。

この家には太い黒松の梁が何本も縦横に架かっている広い空洞が天井裏にあって、例えばそこに人が隠れて住みこんでいたりしたとしても気付かないことも十分にあり得る。だからわたしはそこに、兄さんが住みこんでいてくれていると妄想することもできる。兄さんならば梁の上で猫のように自由に振る舞うこともできるだろう。酔っぱらってそのまま眠ってしまったとしてもそこから落ちることもない。今、この家の梁が雪の重さでギギーッと軋む音をたてたその音を、兄さんがわたしに自分の存在を知らせている音だと思い込むこともできる。例えば兄さんは今、梁の上で踊って飛び跳ねているのかもしれない、と。だからわたしは、兄さんの気配を求めてより一層耳をそばだてる。

だけどこの軋む音は、わたしに隠れて何かを探している姉とあの男にも聞こえている。机の上を探っていた姉の手が止まり、顔が上げられて視線が天井の方へ向けられる。でもそれはたんに習慣的な仕草で、暗闇のなかの姉の目はどちらを向いても黒以外に何も捉えるものはない。あの男も天井を見上げる。しかし古い家が軋むのは珍しいことではないので注意はそれ以上払われない。姉の手が止まっていたのはほんの短い時間だけだった。手は再び動き出し、様々な物を触り、また何度もピッチャーを素通りする。

ピッチャーのなかの水も音でかすかに振動した。その水は外の雪と同じくらいに冷たい。急いで飲むと鼻の奥から後頭部にかけてキーンとするかもしれないくらい冷たい。それだけでもう十分なのに何故レモンなど浮かんでいるのか。闇のなかでもはっきりと黄色いレモンは少し鮮やか過ぎないだろうか。わたしは過剰に鮮やかなその黄色によって兄さんからの秘密のメッセージがあの男にも漏れてしまうのではないかと気が気でないのだ。

台所にある大きな冷蔵庫の野菜室に二個で一パックのレモンが入っているのをわたしは今朝確認したはずだった。パックはむき出しのオクラやピーマンとは分けて隅に立てかけられてあった。しかしそれは晩にはなくなっていた。天井裏からこっそり抜け出て下りて来た兄さんがきっとそれを持ち出したのだ。兄さんはいつも、レモンを輪切りにするのではなく半分に切り、それをまた半分に切り、さらに半分に切る（スイカを切る時みたいに）。兄さんは、レモンを切る時もサラミを切る時も、手紙の封を開ける時もロープを切断する時も木の皮を削る時も、獣を解体する時に使うのと同じ折りたたみ式の肥後守を使う。その刃はいつも清潔に保たれ、触れるだけで切れるように鋭利に研がれている。まさに今も、兄さんは天井裏でその肥後守の手入れをしている最中かもしれない。台所のまな板の上にはその時、切られていないレモンが一つ、半分に切られたレモンが一つ、四分の一のレモンが一つ、八分の一のレモンが二つ並んでいたはずだ。あまりにも鋭く切り分けられたために、切り口は時間の外にあるかのように鮮やかなまま静止していただろう。わたしも姉も、そして父も母も、自分が存在する同じ建物のなかでそのようなことが起こっているとは想像さえしていなかった。きっと、そのレモンの八分の一の片割れの一つが今、ピッチャーのなかに浮かんでいる。

いいや、そうではない。冷蔵庫から取り出して切り分けられたばかりのような新鮮なレモンも、溶けたばかりの雪のような清涼な水も、ピカピカで翳りのない真新しいピッチャーも、古びて黄ばんで形が崩壊してしまいそうな本や道具たちと同様、姉に気付かれたことでこの世界に生まれたあの扉と一緒に、扉が開かれることによって生まれたその奥の空間と一緒に、たった今出現したばかりに違いない。最新の結果こそが最も奥深い原因をつくりだす。

兄さん！　今わたしがこのトナカイのジャケットを着ているから、四万年も前から人々にこれが着られていたことになり、わたしが今、トナカイだった頃の記憶をぼんやりとでも持っているから、人々は四万年も前からトナカイと共に暮らしてきたことになる。わたしが兄さんを想像し、兄さんに呼びかけていることで兄さんが存在しつづける。そして、わたしに想像された兄さんがこの屋敷を、階段や藁葺き屋根や黒松の梁を想像しているからこそこの屋敷があって、わたしはその屋敷の押入れの中にいる。兄さんの想像のなかだからこそ、姉は階段を上ったところにある扉や部屋に気付くことができたんだ。

兄さん！　大昔はこの辺りは沼の底だったのだと姉から聞きました。そして数百年前から三、四十年前までくらいは田園地帯だったようです。今ではその田んぼや畑のほとんどは埋め立てられて戸建やアパートといった住宅になっています。中規模の団地も建っています。ただ、そうは言っても田舎のことなので、土地の扱いはどこかぞんざいで、虫食いのようにあちこちに何にも利用しようのない無駄な空地が空白として残っています。時々、小さく区分けされた住宅のなかに唐突に、地主の家系を継ぐ広い土地を持った農家の屋敷が現れます。そんな屋敷は大抵、母屋と離れと蔵と農具倉庫が、土地の真ん中に開いた広いスペースを囲むように建っています。農具倉庫の多くは今では駐車スペースになっていて、ワゴン車と軽トラックと軽自動車が置かれています。

この辺りが田園地帯だった頃の農業用水の名残りが、個人の所有地でもなく、公共の道路にもなり得ない細長い隙間となってこの土地の家々の間を縦横にはしっている。農家だった古い家は敷地を広いまま残してもいるが、田畑の部分は業者に買われて細かい分割で戸建の住宅やアパート、駐車場になっている。その何区画かおきの塀と塀との間に幅が五十センチから一メートル程度の隙間があらわれる。それがかつての農地用の水路だったところ。昔は常に水が流れていたが、その溝には今は大雨の後くらいにしか水が流れない。そんなものが今でも残っているのは、水路が誰の所有物でもなかったから手を付けられなかったのだろう。それは隙間としか言いようのない使い道のない空間なのだけど、広い地域に渡って張り巡らされているので、子供だったら秘密の近道や特別な隠れ場所としてよろこびそうなものだ。でも近所の目や苦情を気にする住人たちは子供にも立ち入ることを禁じて、ネットや金網で入口を塞いでいるので、利用するのは猫くらいのものだ。猫にとって通路は塀の上で十分だから、猫にさえ有用とは言えない。

　わたしは、暗闇のなかで今あの男に手を引かれて階段を上り、廊下を歩き、扉を開き、今度は別の部屋の障子を引いている姉が、ずいぶん前に死んでしまった家で飼っていた犬のペルに引っ張られて迷路のような隙間の水路を歩いてゆくところを想像する。勿論、水路は今すべてを覆う雪によって、どこにあり、どのように広がり、どことどことを結んでいるのかまったく分からなくなっている。でもだからこそ、わたしはそれを自分勝手に自由に描き直すこともできる。ペルの首輪からリードが伸び、姉さんはそれを手にぐるぐるぐると三回巻いて握る。お菓子の袋の口をとめるための、芯に針金の入った金色で細長いキラキラしたものが、人差し指に指輪のように巻きついている。それは糞を入れる袋の口をとめるためのものなのだが、ペルが生きている頃は道の多くは土だったし、そんなことを気にする人もなかったから犬の糞は大抵そのまま放置された。ペルが力を込めて水路の方へと引っ張るので躊躇する姉も仕方なくそれに従う。

ペルは歩きながら首を下げ、水の流れていない干からびた溝の底のにおいをかぐように鼻を近づける。ペルとその先代のペルとさらに先代のペルをよく散歩に連れ出したのはお爺さんで、孫はそれによくついて行った。お爺さんは勿論、ペルの糞を回収したりしない。その時代、犬の糞を踏んでしまうことは別に珍しいことではなかった。柔らかいのも硬いのも、干からびたのも表面だけ乾燥して中はほかほかなのも、いろいろあった。そんな時は靴の底を水路の水で洗うのだが、ツンとくるにおいは翌日くらいまでしつこく残った。姉がペルを引いているのはカラフルな蛍光グリーンのリードだが、お爺さんの手に握られペルの首に繋がっているのは金属製の鎖で、ペルが動くとじゃらじゃら音がする。どちらにしろペルは首輪に体重をかけて自分が行きたい方向を積極的に引き手に伝えた。お爺さんが感じるぐっとくる引きの感覚とまったく同じものを姉も感じている。

孫が水路で見つけたザリガニを捕るのに夢中になっている間、先へ進もうとするペルの力を感じながらも鎖を引きかえすことでなだめるように押し留め、お爺さんはポケットからタバコを出して一服する。ペルは納得したようにこちらに向き返り、孫へと視線を向けてから大きくあくびをする。孫は頻繁にペルと接触し、頭や腹を撫でたり毛並みに触れたりするが、お爺さんはペルに直に触れることはほとんどない。毎日のように散歩に連れ出しているお爺さんは鎖の引きと視線によってだけペルと触れあう。姉もまた、お爺さんが見ていたのとまったく同じペルのまなざしを見て、それを読もうとし、自分のまなざしでペルに語りかけようとする。

犬に引かれて涸れた水路を歩いているうちに姉は、住む人もなく荒れ果てたままで放置されている広い敷地をもつ立派な屋敷に行き当たるはずだ。スダジイやホルトノキ、カシなど背の高い広葉樹が敷地を囲むように植えられていて、手入れをされずに伸び放題の枝が塀の上から前の道路を通る大型トラックやバスの邪魔になるくらいに張り出し、道路に覆いかぶさっている。特に葉の茂る夏には、伸びた枝を避けるため大型車はセンターラインを越えて蛇行しなくてはならない。門から中を覗き込んでも笹や雑草が生い茂っていて屋敷までさえ視線が届かない。塀に守られて誰からも見られていないせいでびっくりするくらい調子に乗って勢いづいた草や笹の隙間から、かろうじて置き去りにされた（笹に串刺しにされたような）臙脂色の自家用車が一台見えるだけというありさまだ。塀に近いところに背の高いトタン貼りの小屋が好き放題に伸びる枝と葉に埋もれるように建っているのは外からも見える。これは農具をしまう小屋だろう。

延々つづく塀の正門は西側にあって、入口を塞ぐ扉は崩れるように壊れていて閉め切れず、どうしても隙間が出来るので、太い鎖が渡されて人の侵入を防いでいる。しかし隙間を通り抜けたり門を乗り越えたりすることはやろうと思えば簡単だ。実際に人の侵入を止めているのは、必死にかき分けでもしなくてはとても潜り込めそうのない、背が高く茎も太い笹や肌を切りそうな鋭く硬い雑草の生える密度だった。

でも、この敷地には農具小屋の他に、茅葺屋根の古い木造二階建ての大きな日本家屋と、コンクリートでつくられたモダンな二階建ての屋敷（玄関脇にはモザイク模様のステンドグラスがある）の二棟が建っているということは、外からは見えなくてもわたしには分かる。

門を入ってすぐは広い前庭で、トタン貼りの農具小屋はその隅に建っている。もし雑草をきれいに刈り取れば、門から飛び石がつづき、もともと池だった石組みが右手にまだ残っているのが見えるだろう。かつてはこの池には、鮒や鯉がいただけでなくアヒルも騒がしく水浴びをした。日本家屋はその飛び石の先に、引き戸を開けるとチリチリと鈴の音がする玄関をこちらに向けて、視界を塞ぐように立ちはだかり、コンクリートの屋敷はその裏側のかつては牛小屋だったところに後から建てられた。それも戦争よりも前の話だが。その時、コンクリート屋敷の方に出入りするための小さな専用の門が正門とは別に北側に塀を切って造られた。笹に串刺しになっていた臙脂色の自動車はコンクリート屋敷の家族のもので、その玄関前に停まっていた。だからさきほどわたしが覗いたのは北側の方の門だったのだ。コンクリート屋敷は敷地の北側に寄っているので、日本家屋の裏（東）側でコンクリート屋敷の南側にあたる一角が建物で囲われた中庭になっている。この中庭に向いて、日本家屋の縁側とコンクリート屋敷のテラスがつくられていた。そしてここにはもう一棟の建物と言うべきかもしれない犬小屋がある。この小屋には三匹の犬が順に住んだがすべてペルと呼ばれた。

しかし姉はそこには行き着かない。姉が行き着くのは学校のグラウンド程の広さのある、むき出しの土が平らに均された広い平面なのだ。少なくとも三十年以上は荒れたまま放置されていた屋敷は、つい最近解体され、更地になっていたことをわたしはうっかりと忘れていた。なくなってみると、荒れた屋敷がいかに広い敷地をもっていたのかと驚くほどだ。視界の利かない狭い水路を通ってきた姉にはいっそう、その遮るもののない視界の開けの唐突さが途方もないものに感じられている。

わたしは真っ暗な押入れのなかで小さなペンライトを灯す。ペンライトのぼんやりした弱い光の円が、わたしの視界のなかをゆっくり左から右へ、そして右から左へと移動する。光の円をもう一時往復させる。そして消灯する。しばらく暗いままでいて、そしてまた、点灯して、今度は光の円が目に入った瞬間に消す。それを何度か繰り返す。わたしは点滅を見ている。点滅に見入っている。しかしその時、天井から、ゴムで出来た膜状のものが天蓋カーテンのようにふわっと垂れ下がってきて、みるみるわたしの全身を覆い、ぴったりと包み込んだのだ。ペンライトの光も、わたしの視線も、ゴムの膜によって遮られて外に出ることが出来ず、すべてゴムの膜の内側に閉じ込められた。わたしは、ライトを灯しても光を見ることが出来なくなった。

ペルはさらに姉を引いて敷地のなかへ進んで行く。硬く均した土には足跡がつかない。ペルは、かつて犬小屋があった正確な場所で立ち止り、くるくるっと三回そのまわりをまわる。するとペルが三匹に増えるのだ。三世代のペルをすべて知っているのはお爺さんだけだが、姉はそれをすぐ理解するだろう。姉は、屋敷の縁側があった位置から向けられているお爺さんの視線を感じる。いや、そうではなく、姉の想像がお爺さんの視線をつくり出す。お爺さんの孫は、縁側に座ってタバコを吸いながらペルを見ているお爺さんの背中を、お爺さんの死後、何度も思い出すことになる。姉はそのことを知らないが、それを想像する。いや、そうではなく、姉は広い空地の真ん中でただ自分勝手な妄想にふけっているだけだ。ペルを見つめるお爺さんの視線や、お爺さんの背中を見つめる孫の視線が実際にあったという証拠はどこにもない。そもそこに屋敷があったという根拠もない。そのような想像をする姉をわたしが想像しているだけだ。

ならば、ペルが三匹になったという事実はどうなるか。わたしは、ペルが三匹になることなど想像しなかった。しかし、わたしの想像のなかでペルは勝手に三匹になった。三匹のペルはリードから解かれて、一匹は犬小屋のまわりをぐるぐる回り、一匹は池を覗き込みぺろぺろとその水を舐めていて、もう一匹はスダジイの木の脇に座っている。縁側では吸いかけのタバコが灰皿の縁にちょこんとのっている。

兄さん！　わたしは、ペルが三匹になるのを想像したのは兄さんなのではないかと思っています。その証拠に、よく見るとペルには小さなトナカイの角が生えているではありませんか。三匹のペルたちはトナカイの角をつけたままでふいに顔を上げたかと思うと、三匹揃って走り出し、その世界から消えてしまうのだ。そして次の瞬間、雪に覆われた真っ白な平面にあらわれ、またたくまに駆け抜けて去って行ってしまったのだ。

丸っこいシルエットをした臙脂色の小型自動車がステンドグラスのはめ込まれた玄関の脇に駐車されてある。兄さん、あなたは笹や藪草が剣山のように生える敷地のなか、それらを折り畳み式の肥後守で切り倒しながら侵入していってコンクリート住宅の玄関脇に立っている。面倒な時は角を使って藪や笹を振り払うこともした。荒れた敷地は近所の野良猫たちのネグラでもあり、つい今しがたも兄さんの姿に驚いた猫が一匹、ガラスのなくなった自動車の窓から飛び出してボンネットを伝って逃げていった。そうしてようやく、兄さんはそこにまで辿り着く。抽象的な模様に見えていたステンドグラスが実は神話の三美神の図像であることが、そこまで近づいて藪を除けることでようやく分かった。美神たちのポーズはコッサのフレスコ画を模したものであるようだ。中央の美神は背中を向けて両腕を横に開き、左右の二人はそれぞれ横顔を見せている。三人は環になるように並んでいる。ステンドグラスには右上を起点にしたヒビが左下に向かってはしっている。強く揺さぶるとステンドグラスが崩れてしまうのではないかと危ぶんだ兄さんは、玄関のドアノブを握り、探るように少しずつ力を込めて引いてみるが、ノブもドアも動かない。

　兄さんはまだ外に立ったままだが、笹や藪が払われたことでステンドグラスに多少の光が当たるようになり、その光は色ガラスを透過して建物の内側に届き、美神たちの姿を玄関内の三和土に反映させる。三和土に映る環になった三人の美神の影たちは、やがてゆっくり、かごめかごめをするように、あるいはメリーゴーランドのように、廻りはじめるのだった。

それが合図であったかのように、二階にあるドアの一つがギーッと開いてバタンと閉じ、それにつづいてタタタタタッと軽いものが走る足音が聞こえる。次いでキッチンでは、埃をかぶって錆びついてもいる電子レンジのターンテーブルが、ギギッ、ギギッ、ギギッと、ところどころでひっかかりながらも回転をしはじめたのだ。兄さんは気付いていないようだが、家の外でも臙脂色の自動車のワイパーが重い腰をあげるようにゆっくりと起き上がり、埃や草をかき分けながら難儀して一往復だけした。地下の遊技室のビリヤード台の上に一個だけ残されていたボールが独りでに動き出し、何度か側面で跳ね返ったあとにポケットにカタンと落ちた。洗面台にあるチューブ入りハンドクリームの蓋が、くるくる回って緩み、外れ、台の上を転がって床にコトンと落ちる。その音をきっかけに、洗面台の鏡に映っている時計

（の鏡に映っている方だけ）の秒針が、サイドブレーキを引き忘れた車が坂道で動き出してしまったかのようにすーっと動きだして一周して止まる。底に砂が溜まっていて水など張られていないバスタブの水の反映が、バスルームの天井にゆらゆらとゆれる。両親の寝室のエアコンがプハッ、プハッと、咳をするように埃っぽい息を二度吐き出す。

玄関先の床では美神たちが、太陽の位置の変化で少し場所を移動し、形を歪ませながらも、まだゆっくりと舞い、廻っている。玄関を入ると広くとられた三和土の先はすぐ壁で、左右に分かれた廊下が回廊のように建物を取り囲んでいる。その廊下を通って玄関の反対側に出ると、そこは二階まで吹き抜けるホールになっている。一辺が六、七メートルの正方形のホールで、中央にはタイルが敷かれ、腰の高さ程度の水盤が設置されているが、水盤の水を湛える部分は砂で埋まってしまっている。土埃や枯草で汚れているとはいえ、タイルは、白、コバルトブルー、黄色、オレンジの四色でカラフルな幾何学模様が組まれていて、「横顔にも壺にも見える図」のような形をした陶器で出来た水盤は淡い水色をしている。水盤の周りの三方に作り付けの長椅子が設置され、手すりと背もたれには白いタイルが貼られ、タイルには蔦が絡まるような装飾模様がブルーで描き込まれている。この吹き抜けは建物のなかにある中庭のようなもので、家の主であったお爺さんの息子がモロッコ旅行で見てきたものを再現した。そもそもこの建物はこの吹き抜けをつくるために建てられたようなものだった。見上げると、すっかり薄汚れてしまっている天窓の磨りガラスから、それでもぼんやりと光が射している。

今、天窓を見上げているのは兄ではなくてペルだった。頭からトナカイの角を生やしたままのペルだ。兄さんはまだ玄関の前に立っている。三匹だったペルは一匹にもどっているが、そのかわりに頭が三つあった。三つの頭からはそれぞれ二本ずつ、六本の立派な角が伸びている。

天窓の上にはカラスがいて、その足裏が透けて見えている。カラスの脚が天窓を叩くカッ、カッという音が降ってくる。そしてカラスは大きく羽を広げて飛び去る。カラスが飛び去るところは玄関にいる兄さんも外から見ていた。するとそれが合図であったかのように、天井にピンク色のゴムでできた大きな一枚の膜状のものがあらわれ、それが天蓋カーテンのようにふわっと垂れ下がってきて、そこにあるものすべてを覆い、包み込んでしまった。ゴムの膜はすべてのものの表面にぴったりと貼りつき、そこにあるものすべての形を正確に再現してはいたが、吹き抜けにあるものはただピンクのゴムで出来た形だけのものになってしまった。それは3Dプリンターでつくった立体模型のようで、三つの頭と六本の角をもつペルも固まったままもう動かない。

兄さん！　兄さん！　わたしがいるのはそっちじゃないんだ。ここは真夜中なんだ。

コン、コンという木を打つ乾いた音が聞こえた。つづいて、ペシ、ペシという少し湿った音がした。玄関から入って土間を抜けて板の間に上がるところにあるヒノキの大黒柱を、あの男と姉とが叩いたのだった。最初はグーの骨の当たる部分であの男が、次いで平手の掌で姉が叩いた。その音は家の様々な柱を伝って家全体を微かに震わせ、天井裏の梁の上にいる兄さんの耳にも届いたはずだ。

　梁に寝そべっていた兄さんはそれを聞いて起き上がり、トナカイの毛皮で出来たジャケットのポケットから肥後守を取り出して、天井裏にある空間そのものを切り取って、それを素材にして、トナカイの角を生やした小さなペルの影像を彫り始めるのだ。小さなペルの影像は瞬く間に出来上がる。親指と人差し指で挟んでひっくり返したりしてその出来を確認した後、兄さんは手を伸ばして指をそっと離す。するとペルの影像はまるで雪のようにゆっくりと落下して、天井をすり抜け、二階にある家具や床をすり抜けて、一階の、姉とあの男のいる土間と板の間のあたりに落ちてゆくのだった。兄さんは、次から次へと空間そのものを切り出しては角のあるペルの影像をつくり上げ、そして指を離す。何匹ものペルが次々に落下し、ゆっくりと空中を漂った後、土間と板の間に少しずつ降り積もってゆく。空間そのもので出来たペルの彫像は、姉やあの男さえもすり抜けるが、床に着くと落下は止まる。

しばらくすると、土間と板の間は角のあるペルの彫像で埋め尽くされることになる。そもそもそれは、空間そのものを素材にしている形だけのものなのだから、それが積もったとしても特に何が起こるということもない。姉もあの男も、無数のペルたちが積もって埋め尽くした土間や板の間を自由に動くことが出来る。しかし、暗闇のなかでもペルの形はちゃんと見えるのだ。姉もあの男も、自分たちが探していたものがとうとう見つかったとでもいうような満足げな顔で天井を見上げ、降ってくるペルたちをうっとりと眺め、それに埋もれてゆくことだろう。

だが、空間そのものを削り取られつづけた天井裏がそのまま無事であるというわけにはいかないようだった。空間が少しずつ歪み、無理がかかっていって、とうとうその無理が、いかに黒松を張り巡らせた頑丈な梁でも支えきれない閾値にまで達して、めりめりと音を立てて黒松が折れ、梁の組みが崩れ、そしてそれをきっかけにゆっくりと家は倒壊するのだった。

住み主が不在で、雑草や笹が生え放題で荒れ果てたまま少なくとも三十年以上は放置されていた屋敷の母屋が、記録的な大雪の降った日の夜中に雪の重さで誰にも気付かれないまま倒壊した。それをきっかけに、屋敷跡はきれいに解体されることになり、草も刈られて、土地は更地に戻された。更地になってみると近所の人たちが驚くほどに広いその土地は、この後、細かく仕切られて建売住宅となる予定だ。

屋敷跡がきれいに均されたところで年度末を迎え、諸々の事情で工事が一週間ばかり中断された時期があった。その、ある日の夜中、きれいに何もなくなったはずの敷地の真ん中に、人の背丈よりやや低い、木製で箱状の妙なものが置かれていたことがある。だが、人間でそれを見た者はたまたま誰もいなかった。それは唐箕と呼ばれる農具で、上部の漏斗から脱穀した穀物を少しずつ投入して落下させ、側部にある手回しのファンを回転させて、その風によって藁屑、籾殻、蕎麦殻、豆殻等の軽いものを横へと吹き飛ばし、飛ばされずに真下に落下した重たい穀物だけを選別するという道具だ。だからそれは、穀物を投入する上部の漏斗状の部分と、その下の穀物を通過させる箱状の部分、そして脇にある回転する円形のファンという、三角、四角、丸という形の組み合わせで出来ている。

　いつからあるのか定かではないそれは、ずっと静かなままだったが、ある時、脇のファンの部分から何かが動く気配とともに物音がたって、最初はゆっくり、そしてだんだん速く、自動的にファンが回転しはじめるのだった。そして、その回転の速さがある境を越えたところで、カタンと音がして、一定の重みのある何かが四角い箱状の部分へと飛び移った気配があり、次の瞬間、選別された穀物が出てくる出口から、滑り台を滑り降りるように体長二十センチくらいの小さなライオンが出てくるのだった。

　ライオンはもうずいぶん前に使われなくなった唐箕のファンの部分に入り込み、そこで長いことずっと眠っていて、いましがた久しぶりに起きたばかりなのだ。ライオンは、大きなあくびをし、ついでに体を伸ばし、ネズミのような小さな体でまるで猫のように立派な鳴き声を発して、そしてどこかへ去っていった。ライオンが去ってしばらくして、唐箕は消えた。

右利きと左利きの耳

自分が十四歳ではないことに気づいてしまった動揺とともに目覚めて、それをまだ事実として受け入れられないうちに最初に目に入ったのはクレーンに吊るされた巨大な木の板だった。板は真ん中が四角くくりぬかれていて、それは窓だとすぐさま直感された。それが窓だということになれば板は壁であり、自動的に、壁のこちら側が内側となり向こう側が外側だということになるはずだ。窓からは空が見えた。クレーンに吊られた板が風にあおられて空中でくるっと反転したが、それでもまだこちら側が内で向こう側が外であるという確信は変わらない。

ここ三十年の間ずっと十四歳だったのに目覚めたとたんに四十四歳になってしまっていた。三十年間つづいた十四歳は終わってしまった。いや、たんに終わったのではなく、目覚めたとたんにそれがはじめから無かったものとなってしまった。そんなはずはないが、そうだとしか思えない。記憶をたどってみれば昨日も確かに四十四歳として暮らしていた。しかし記憶など嘘くさくて信用する気になれない。いきなり四十四歳になってしまったという虚を突かれたような感覚の強さこそが信じるに足る。だいいち、今見えているもの（クレーンに吊られた窓とその向こうの空）は、昨日の、眠る前の、四十四歳だった記憶とは繋がらない。四十四歳であった昨日の記憶によれば、その前の日やさらにその前の日とかわらず、自室のベッドで眠りについたはずだ。

クレーンに吊られているとはいえ窓と壁があるのだから、その内側であるここは室内で、それを自室であると言い張ることもできる。だが、男が横たわっているのはベッドではなく砂の上だった。いや、上というより半分砂に埋まっていた。クレーンに吊られた板がゆっくりと降りてくる。男はそれを視線で追って半分砂に埋まっている頭部をゆっくり横へ倒した。窓の先には海が見えた。それがきっかけであるかのように波の音が耳に届くのだ。男は、自分のからだが思い通りに動くかどうか確かめるために砂に埋まった左手をグーにして右手をチョキにする。巨大な板が完全に砂浜に着地すると、中央に空いた四角い穴の先に人の姿があった。海を背景にしたその人は、デスクの前に座り事務仕事をしているように見える。電話をしているらしく口をぱくぱくさせているのが見える。ああそうか、と男は気づく。内側は向こうだったのだ。ならば、いつまでもこんなところで寝ているわけにはいかない。

視線を窓から外してひねっていた首をまっすぐに戻すと空が見える。グーとチョキにしていた手をもとのパーに直し、砂に埋まった両腕を空に向かって突き立てると視界に入ってくる手はちゃんとパーになっているはずだ。そして両腕を振り下ろす力の反動を利用して上半身を起こすのだ。男は、横たわって首をひねって窓とその内側の人を見たままの姿勢で、自分の行動をそのように思い描く。そう考えただけで既に上半身を起こした気になってしまう男は、しばらくして、自分が横になったままであることを発見して驚くことになるだろう。本来ならば起き上がっているはずの自分自身に置いて行かれた、遅れをとった。そして、空は雲ひとつないが日の光はそれほど強くはなく、あたたかい砂に埋まって波の音を聞いているのが心地よいから、できればこのまま再び眠ってしまいたいという力が作用して行動が妨害されているのだと考える。だが、ここが外であると分かった以上、そのような誘惑に負けるわけにはいかない。気づくと男は立っていた。

立ち上がったとはいえまだ膝下まで砂に埋まっている足を引き摺り出し、不安定な砂の上を一歩、二歩と歩きだすと、四歩目に前に出した右脚の膝が重さを支え切れず、崩れるように前に倒れた。十四歳のときに通っていた中学が、防波堤の向こうの、国道を一本隔てたそのすぐ先にはあるはずだった。海岸線と平行して二棟ある校舎の海側校舎の三階の教室で、机に突っ伏すようにして、そのときわたしは眠っていた。窓際の席には雲ひとつないがそれほど強くはない日の光が程よくあたって暖かく、ぬるま湯の微睡の中にいたわたしは、平穏からいきなり騒然へと湧きあがる教室の空気の圧の変化に肌を擦られて目覚めさせられる。窓から見える防波堤のすぐ先の砂浜で、ついさっきまで、眠り込んでしまう前まで、海の家の解体作業をしていたはずのクレーンが、今は横転して、半ば砂浜に埋まっているのが見えた。教室には教師の姿はなく、生徒たちの喧騒が沈静される気配はない。そういえば目覚める直前の夢で、何かがゆっくりと崩れるように砂浜に倒れていく様を見ていた気がする。しかしそれはとても緩慢で静かに進行するできごとで、眠っていたとはいえ、クレーン転倒に伴うはずの轟音と振動にまったく気づかず、その残響さえからだのどこにも残っていないことをわたしは訝しむ。

わたしは、と、頭から砂に突っ込むように倒れ込んだ男は思う。確かに、ついさっき、目覚めるまでは十四歳だった。しかし今ではもう、昨日の晩も四十四歳だった記憶を持つ四十四歳の男だ。壁（板）の向こう側、窓からその中が見えるオフィスは、わたしが週に五日通う労働の場がそっくり再現されているようだ。わたしの上司の小柄な女性が古いウォーターサーバーの大きなタンクを担ぎ上げ、よいしょっと言ってくるっと回転させてサーバーにセットするのが見える。普段はわたしがすることだが、わたしがまだ出社していないので仕方なく彼女がやったのだ。コップに水を注ぐと、ゴボッと音を立てて泡が下から上へと向かう。上司がシャツの腕捲りをもとに戻しながらデスクへと戻っていくのを目にして、わたしはオフィスへと電話をかける。電話をとる上司を窓越しに見て、体調不良のため今日は休ませてほしいと告げる。わたしがこのオフィスで上司と二人で仕事を始めてからもうすぐ八年になるはずだが、そのような状況や来歴自体がつい今しがた成立したとしかわたしには思えない。覚束ない足取りでどうにか歩を進め、砂浜を出たあたりでわたしの背後で轟音があり一瞬遅れて地面が震え、反射的に振り向くとクレーンが横転していた。クレーン同様に横倒しとなった板（壁）の向こう側に、もうオフィスは存在していない。ついさっきのわたしはまだ三階の教室で眠っているので、すべてが見える位置にいたにもかかわらず、この場面をまったく見ていやしないのだ。

オフィスでわたしの電話を受けた上司は、声に背後からまといつく波音によりわたしの仮病をすぐさま察したが、それについてわたしに何も言わないまま電話を切った。上司は、ウォーターサーバーから汲んだコップの水を机の上にあるドリンキングバードの頭部に含ませる。

水を吸い込んだドリンキングバードの頭部表面は気化熱によって冷やされ、頭部の気温低下は頭部の内側にある空洞の圧力を低下させ、圧力の差が腹部に溜まっている塩化メチレンの液体を頭部へと引き上げる。液体が腹部と頭部の間の管を上り、頭と腹の重さのバランスが崩れ、鳥は頭をゆらゆらと揺らす。液体がとうとう頭に到達して腹との重さが逆転すると、ドリンキングバードは頭の重みでコトンと体を倒す。鳥は水を飲む。倒れた瞬間に頭部と腹部との圧力差が慣らされ塩化メチレンは再びすべて腹部に戻る。水に触れる（水を飲む）ことで鳥の頭部は再び冷やされる（以下、同じできごとが延々と繰り返される）。

わたしと上司が仕事をしているオフィスは戦前から残る古いビルでエレベーターがなく、四階にあるオフィスまで階段を昇っていかなくてはならない。しっかりとした鉄筋コンクリートの耐火設計で戦争中は地下室が防空壕の役割を果たしたという。戦後長く開かずの間となっていた地下室を何十年ぶりかに開けることになる不動産管理会社の社員は、その前日、四面の壁に沿って土嚢が積み上げられ、床には畳が何枚か敷かれて防空壕仕様になっている、中央に卓袱台が置かれた黴臭い地下室の夢を見る。卓袱台の上には何か動くものがあり、ドリンキングバードがゆらゆらと頭を揺らしている。翌日、開かずの間を開けた不動産管理会社の社員は、その部屋が昨晩自分が見た夢とまったく同じであることに気づくことはなかったが、古い畳と黴の匂いが充満する部屋で、卓袱台の上に、綺麗に磨かれたコップのなかの炭酸水が、あたかも今注がれたばかりのようにシュワシュワと泡を立ててあるのを見て驚くことになる。ドリンキングバードはその時地下室にはなく、同じビルにある不動産管理会社のオフィスの彼のデスクの引き出しの奥にひっそりと出現していた。それは夢のなかにあったのと全く同じものだ。実家の事情で急に故郷へ帰ることになる不動産管理会社の社員は、慌ただしい身辺整理のなかで中身もろくに確認しないまま、引き出しの奥に仕舞われたままだったドリンキングバードの入った箱を処分する。それを、共用部分に無造作に置かれた処分品の山の中からたまたまわたしが見つけて拾ってきてオフィスに持ち込んだというのが、信用ならないわたしの記憶に刻まれているドリンキングバードにまつわる顛末だが、この記憶を実際に立ち上げてみるのは今が初めてだ。

波の音を聴き、ベタつく潮風に吹かれて防波堤を歩くわたしは、オフィスのドリンキングバードが飲んでいる水が今しがた海水に変わったと想像してみる。青い空を背景にたくさんの黒いカラスが飛び交っている。防波堤からまばらな防風林と一本の道路を挟んだ先に、わたしが通っていた中学校の校舎がある。四階建ての校舎の三階にある教室からは海と海岸、防波堤と防風林が見渡せるが、その時、教室のわたしは海の方を見ていない。だから校舎を見上げているわたしのことは見えていない。海の家の解体作業中に起こったクレーンの転倒から湧き上がった教室の喧騒は、その後、あまりに何も起こらないことで失望とも安堵ともつかない沈静に向かって縮んできている。海岸にはただ倒れたクレーンと一枚の板があるのみで、クレーンを操作していたはずの人の影さえない。騒ぎを聞きつけて集まってくる人々もない。壊れたクレーンが横置きにされたまま放置されて数十年変わらずそこにあるかのように何事もない。眠っていて転倒の瞬間を見ていないわたしにはことさらそう感じられ、自分が眠る前からそれはそのようにそこにあったのではないかと思い始めている。喧騒が鎮まり緊張が緩んで、気の抜けたような曖昧なざわめきに満たされる教室に、ピーッというハウリング音が響く。つづいて、黒板の上に設置されたスピーカーから声が発せられる。

校舎に一匹の犬が迷い込んだようだと、校内放送は知らせた。見たところ清潔そうで首輪もしているし、特に興奮している様子も見られないと報告されているから危険はないだろう。今、教職員たちが見つけ出して捕獲しようとしている。念の為に捕獲されるまで生徒は教室内で待機するように。そう告げる放送は再び起こるハウリングで閉じられた。わたしは教室のざわめきの質が変わるのを感じる。犬？、イヌ、ワンちゃん…。犬は走っている。廊下を駆け抜け、階段を駆け上る。教職員たちでは犬を捕獲などできるはずもないし、見つけることすらできないだろう。犬は立ち止まり、聞き耳を立てるように首をかすかに傾げる。廊下に鼻をつけて匂いをかぐ。後ろ脚で腹を掻く。そして再び走り始める。わたしにも犬は見えない。わたしの最も古いと思われる最初の記憶の一つは、いつも家にいた犬がいなくなって悲しいというものだ。なぜ今日は家に犬がいないのか、とわたしは家族に問うている。あの犬が二度と帰ってこないというのはどういうことなのか。そんなのは嫌だ、なんとかしてくれ。どうにもならないとしてもなんとかしろ。そのような強い感情と号泣の記憶はあるがその犬と接した具体的な場面の記憶はない。幼いわたしが犬と並んで映っている写真がある。わたしは犬の肩を抱きわたしの頬と犬の頬は触れている。笑っているそのわたしにはわたしの面影があるのでわたしなのだろう。だが、そこに写っている犬が、いなくなったことをわたしが悲しんだあの犬なのかどうかわたしにはわからない。わたしは、永遠にいなくなったということ以外あの犬のことを何も知らない。わたしには犬の姿は見えないのだ。

監視カメラ以外にはまだ誰にも姿を見られたことのない犬が、山側校舎と海側校舎をつなぐ渡り廊下の中程で舌を垂らして荒い息をしている。一休みをしているのだ。教職員たちは何度も犬とすれ違っているのに、彼らには犬を見つけることができない。つい今しがたも、三人組の教師たちが犬の傍を通り過ぎたのに、犬の目が三人を追っても、三人の目は犬を見ることがない。海側と山側の二つある校舎は東西二つの渡り廊下によって一階から三階まででつながっているが、三階部分は屋根がなく空へ開けている。犬がいるのは東側の二階だ。わたしは教室で、東側の渡り廊下の三階で空を見上げている犬を想像している。それは犬が実際にいる場所のちょうど一階分高いが同じ位置にあたる。しかしわたしのその想像には具体像がない。そこでは犬が空を見上げているが、その犬には仕草はあってもイメージがない。イメージのない犬が後ろ脚で耳の裏を掻く。両耳をピンと立てて周囲の様子をうかがう。塩化ビニールのツルツルした廊下は滑りやすくて走るとイメージのない犬の爪が当たってカチカチと音が立つ。わたしは、写真のなかの幼いわたしが、東側の渡り廊下の三階にいるイメージのない犬にゆっくりと近づいていくところを想像する。幼いわたしはイメージのない犬を見る。イメージのない犬もわたしを見る。イメージのない犬はクゥーンという親愛の情を表す鳴き声をあげてトトトトと歩いて寄ってくる。わたしは身を屈めてイメージのない犬と視線の高さを合わせ、頭を両手で撫でる。イメージのない犬はわたしに覆い被さってくる。まだ身体の小さい私は犬と抱き合うような格好になる。体温と稲藁のような匂いが伝わってくる。想像された幼いわたしはその姿勢で青い空を背景に今の時期にはまだアラスカにいるはずの白いカモメが飛ぶのを見る。教室にいるわたしは、ペル、と、犬の名を口にする。永遠にいなくなったこと以外にも、犬の名前は知っていたのだ。

用事のために上司が出かけて無人になったオフィスで、ドリンキングバードは一定のリズムで水を飲みつづけている。オフィスから地上へ降りていく上司はいつも、階段の年季の入った木製の手すりを手で触れて味わう。踊り場で折り返しになる手すりのアールの部分は特に、多くの人の手で触れられつづけたことで独自の艶と丸みがあり、そこはことさら撫でる。一階のエントランスは半透明のくすんだエメラルドグリーンの釉薬が塗られたタイルが一面に貼られていて、観音開きのガラス張りの出入り口の両側は分厚いブロックガラスで採光が取られている。とはいえ構造柱が太くて全体に重厚な古い建築物は採光が悪く昼間でも薄暗い。このビルは本館と新館とが鏡像反転した対称的な構造で二つ並んでいる。新館といっても施工された年はほとんど違わないし、内部は廊下で繋がっているので二つで一つの建築と言える。階段は対称の軸にあたる二つの館が接する中心部にあり、本館と新館の二つの階段が壁一つ隔てて並んであって、各階と踊り場にある小窓から並行する隣の館の階段が見えるようになっている。わたしはこの階段から福島にあるさざえ堂を連想するが、建築に詳しい上司は篠原一男という建築家が設計した「同相の谷」と呼ばれる住宅を想起するのだという。オフィスのためにこの物件を見つけてきた上司は「わたしたちは同相の谷で仕事をするのよ」と興奮気味に言った。上司から見せられた建築雑誌によると、二世帯住宅である「同相の谷」には親世代と子世代のそれぞれに分けられた住居空間のための二つの階段が、横にではなくて縦に二つ並んでいて、一方の階段を上り切ったところにある大きな窓から他方の階段が見下ろせる。この見下ろす階段が同相の谷だ。生活のための空間は完全に仕分けられているが、全く同一の構造を持った階段が、親、あるいは子供の側にもう一つあることが互いの存在を日常的に意識されるようになっているという。生活は分けるが相手のことはいつも気にかけている、と。しかしそんな理屈は建前だと上司は言う。あれは、階段を上る自分の後ろ姿を見るための仕掛けに違いないのだと。

「わたしたちは同相の谷で仕事をするのよ」と上司は言ったが、わたしたちのオフィスのあるビルの階段は横並びに並走しているので「谷」にあたる部分がない。古いビルだから我々が馴染んでいる規格サイズの建物よりも天井が低くて廊下も狭い。しかし階段だけは横幅がゆったりと取られているため、階段を下る時上司はいつも自分のからだの横幅も少しだけ広がったような気持ちになる。漆喰のくすんだ白と青味がかったグレーのタイルとで上下二色に分けられた階段の壁は、二つの素材の境目が階段の傾斜角度を表現している。新館の一階は店舗になっているので、本館の方に両館共通の出入り口があり、入ると両館を貫く共有エントランスになっている。全体的に薄暗くせせこましいビルで唯一エントランスだけが（天井は低いが）明るく開けた感じの空間で、四階から下ってきた上司は、階段からエントランスに入った途端からだが横に広がり切って揮発してしまうのを感じる。いったん揮発したからだは、観音開きの出入り口を通り抜けることで再構成されるが、再構成されるときには、隣の館の階段を下ってきたもう一人の上司のからだと混ざってしまっている。

「同相の谷」の縦に並んだ二つの階段は、上る時と下る時とでは構造が変わるのではないかと、以前わたしは上司に話したことがある。上る時を想定すると、親世代の住む空間にある階段の前に子供世代の住む空間の階段があることになるが、下る時のことを考えると、子供世代の階段の前に親世代の階段があることになる（上りと下りで人の向きが逆になるから）。だから、上っている自分の背中を見るのは親世代で、下っている自分の背中を見るのは子供世代ということになるんじゃないだろうか。たとえば、子供世代が階段を上りながらその背後にもう一人の階段を上る自分を感じることは、下る時に自分の背中を自分の前に見ることとはまったく違う出来事なんじゃないか、と。からだの前面と背面とは不連続でまったくの別世界だとわたしは感じている。それに比べて、我々のオフィスのあるこのビルの横に並んだ階段では、上る時と下る時との間に構造的な違いはないのではないか。しかし、わたしのこの考えが間違っていたことがたった今分かった。上司は、階段を下ってこのビルから外に出る度に自分を再構成していた。だから、階段を上る時も下る時も方向を変えただけで向きに意味はないということではなかった。

わたしの目に、サーフショップの店先で腕組みして立つ白いTシャツにコットンの短パンの店主らしい日焼けした中年の男が映った。つづいて、たった今まで無人だった防波堤沿いの通路にも、ランニングをしている人、犬を連れて歩いている人、防波堤の上に座って海を見ているカップルなどが不意に現れて、途切れることなく滑らかにつづいている日常の空気が色濃く漂い始めたので、わたしは防波堤から下って、道路を渡り、中学校のグラウンドに面した路地を進むことにする。しばらく歩いたのち、角を折れて裏門まで辿り着くと、門を入ってすぐ右手に駐輪場があって、そこに中学に通うために乗っていた自分の自転車を見つける。ポケットに手を入れて歩いていたわたしは、その中にあってさっきからずっと手に触れていた物が自転車の鍵であることに気づく。昨日まで十四歳だったわたしは当然のようにポケットの中の鍵がその自転車の鍵であるという事実を受け入れるはずだ。鍵には、当時レザークラフトが趣味だった母親がつくったトリック編みと呼ばれるレザーの紐ストラップが付いている。指先で触れているその網目を正確にイメージするためにわたしは立ち止まって目をつぶる。帯状のレザーに縦に二本の切り込みを入れ、頭と尻の部分だけは繋がったままの三本の細い帯にして、左端の㈠の帯を上から中央に持ってきて、次に右端の㈢の帯を上から中央に持ってくる、そうしたことで左端となった元は中央だった㈡の帯を上から中央に戻し、そのようにして三本が絡まったところで、帯の尻の側を左側の切れ目の間に潜らせて、くるんと回してひっくり返す。裏返った状態でもう一度、帯の尻を今度は右側の切れ目に潜らせて、くるんと回す。すると裏返ったものがさらに裏返って表に戻り「編み」の一工程が閉じられる。絡めて、潜らせて、くるんと裏返し、もう一度、反対側を潜らせて、裏返す。二度裏返すと表に戻るが、それは以前までの表とは違う。それを繰り返すことで三本の帯が互いに互いの内側に潜り込み合って噛み合うような構造が編み上がる。この編み方はトリック三つ編みと呼ばれ、同様のやり方で、四本の切り込みを入れて五つの帯を編み合わせるトリック五つ編みも、六本の切り込みを入れる七つ編みも可能だし、九、十一、十三、十五と、理屈の上ではいくらでも増やしていける。イメージとしてなら、帯はいくつにでも分割できるし、分割された細い帯たちを編み上げることもできるが、不器用なわたしの手では実践は難しく、三つ編みですらおぼつかない。

不器用なわたしの手指は、ポケットの中で、トリック五つ編みに失敗して不自然なコブができて解けなくなってしまったかのように絡まり合う。親指は薬指と小指の間に、小指は親指と人差し指の間に入り込み、薬指は人差し指と中指の間に、人差し指は中指と薬指の間に入り込み、そのまま手のひら全体がくるりと裏返しになり、もう一度裏返しになる。今、ポケットの中の自分の手のひらがどんな形をしているのかわたしにはもうイメージできない。それでも、イメージできない手のひらの指たちは、鍵についた紐状のストラップの形をなぞるように撫で、レザーの弾力と表面の凹凸をわたしは感じている。ところで、今、ポケットの中で鍵のストラップに触れている、この二重に裏返った手のひらは右手なのか左手なのか。右の手のひらをひっくり返せば左の手のひらになり、左の手のひらをひっくり返せば右の手のひらになるのだから、何度もひっくり返すと右も左もわからなくなるのは当然のことだ。右の腕と左の腕ともまた、そのようにして絡まり合い、ひっくり返り、もう一度ひっくり返る。からだ全体が裏返る前にわたしは急いでポケットから手を出す。自転車の鍵はわたしの左の手のひらが握っていた。

目をつぶったままのわたしの頭の中に、先ほどサーフショップの前にいた白いTシャツとコットン短パンの男が現れる。わたしのいる裏門前から百メートルほど離れた路上に、彼は彼の妻と思われるつばの広い帽子を被って黒いノースリーブのワンピースを着た同年代の女性と連れ立って、こちらに向かって歩いてくる。彼は折りたたみ式の台車を押しており、台車の上にはダンボール箱が置かれ、布の敷かれた箱の中には中型の白いシェパードが収まっていて、台車に括り付けられた日傘が日差しを遮っている。九月に入ったとはいえまだ日差しは油断できず、熱せられたアスファルトと足裏との接触やそこからの照り返しを気遣ってそうしているのか、あるいは、何らかの理由で脚が悪くて歩けないのだろうか。防波堤や防風林、中学校の校舎などに阻まれて波音はここまで届かないが、山側から蝉の声が何重にもにも折り重なる層のように、波状的に降り注いでいる。山はカラスが帰る山でもある。男は無言のままややガニ股気味に歩を進め、女はしきりにシェパードに話しかけている。二人と一匹はゆっくりとわたしに近づいてきて、道の真ん中にぼさっと突っ立っているわたしを避けることなく、わたしの中を通り抜けてそのまま歩いていく。中学校のグランドの隅にまで行き着いた二人と一匹は、角を海の方へ曲がり、防波堤へと進んでいく。途中で行き合った近所の人らしい女性と男の妻らしい女性がしばらく立ち話をする間も、男は苛立つ風でもなく、シェパードの背中や腹をよしよしと言いながら撫でている。防波堤にまで行き着くと、男は台車を畳み、数字を合わせるチェーンロックでガードレールに括り付け、段ボール箱を二人で抱えて防波堤の階段を上り、そして砂浜へと降りる階段を下る。箱からちょこんと頭を出したシェパードの目は海を映す。女は肩にかけたトートバックからブラシを出して白い毛並みをブラッシングする。舌を出して呼吸して垂れた涎をタオルで拭う。日本海で停滞した台風の影響で波が荒れていたためここ四日間は砂浜への通路は重たい鉄の門で閉ざされていた。今日は晴れて波も穏やかで、だから久しぶりに海を見る。

上司とわたしが働くオフィスの、四面ある壁の二面は白地に明るいグリーンで菱形の模様が描かれたイスラム風タイルで埋められており、一面には深いグリーンのヴェルヴェットが貼られ、残りの一面は石膏の白だ。オリエンタルな趣味で施工時はさぞ鮮やかだったろうが、何しろ古い建物なので、石膏はところどころ剝がれ、ヴェルヴェットもかなり傷んでいるし、タイルの目地も黄ばんでいて、全体としてくすんでいる。ただ、白と緑という色の対比、硬質なタイルと柔らかいヴェルヴェットとその中間的な石膏という質の対比が生み出す、頭をすーんと貫く柔らかいが覚醒を促すような空間のトーンは、時間経過により紗がかかってはいても充分感じ取れる。長方形の部屋の短辺の壁は、二本の装飾柱で三つに分割され、その中央部分にはかつて鏡が嵌め込まれていたと思われる楕円形の凹みがある。この部屋が元々持っているトーンを乱さないように、上司とわたしは、持ち込む調度品をできる限り白かそれに近い薄いグレーやクリーム色、あるいは鮮やかすぎない澄んだ寒色のものに限定している。

部屋には、白い陶器でできた古い洗面台が壁から唐突なように突き出して据え付けられているが、水道設備の経年劣化のため、この蛇口から水が出ることはなく、蛇口の栓がひねられることもない。この洗面台は、というかこの洗面台だけでなく、このビルの各部屋や廊下に設置されている壁からいきなり突き出たようにある洗面台の大部分は、主にトイレと消火栓の整備のために近年新たに配管し直された上下水道設備の網の目から取り残され、形としてだけ残されている。

（裏門の前で目をつぶったまま突っ立っているわたしは、ポケットから出した手で蛇口をひねる仕草をする。ビルにある、壁から突き出たように設置された洗面台の蛇口の栓を、一つ一つひねってまわる想像をする。いくつもの蛇口から見えない水が出て、その見えない水でビル全体が浸されるところを想像する。）

この部屋の中でただ、ドリンキングバードの頭部と脚部、そして体内の塩化メチレンのみが鮮やかに赤くて、今は誰もいない静止したオフィスで、この赤い物体だけがいつまでも動いている。


冬になると渡ってくるカモメは、今はまだカナダの西の方とかアラスカのあたりにいるはずで、だから今、空に見えるとしたら、それはカラスであるはずだ。わたしは、わたしに想像された幼い頃のわたしにそうツッコミを入れる。イメージのない犬にのしかかられてとうとう仰向けに倒れてしまった幼いわたしには、それでも空にカモメが飛ぶのが見えている。わたしの想像から切り離されて一定の自律性を持ち始めたらしい想像された幼いわたしを、わたしは勝手にさせることにする。想像された幼いわたしはイメージのない犬に顔を舐められている。教室では、一体いつまでここに閉じ込めているつもりだという不満が膨らんで、一部の生徒はもう既に教室の外へ出て行ってしまっている。教職員たちも、これだけ探して見つからないのだから、犬はもうとっくに勝手に外に抜け出したのだろうと考えているが、決断の責任を取りたくないので誰もが言い出しあぐねているに違いないと、教師という存在そのものを軽蔑しているわたしは思う。開け放した窓から吹き込む潮風がカーテンを波立たせる。教室の後ろの方でプロレスごっこをしている三人の男子生徒のうちの一人が大袈裟に転び、近くの机や椅子を巻き込んで転倒させて大きな音がたつ。巾着袋を抱えた傍らの女子生徒が文句を言う。教室のざわめきの中でも一際声の大きい集団から唐突に奇声があがる。その近くで親密そうに話している男女が露骨に顔をしかめる。燕脂色のジャージを着た野球部の四人が椅子を車座に並べて今日の練習メニューについて相談している。野球部ではない生徒が、プリントを丸めてボールを作り、それを投げ、もう一人がバットに見立てたホウキで打つ。打ち返された紙屑ボールはわたしの後頭部にポンッと当たって跳ね返るが、再び眠りに落ちてしまっているわたしはそれに気づかない。鮮やかなイエローのキルティング素材の巾着袋を持つ女子生徒は、その袋の中に自分が使った弁当箱と箸入れと折り畳まれたランチョンマットが入っていることは知っているが、それらに混じってわたしの中学時代にはまだ存在していなかったスマートフォンが入っていることは知らない。スマートフォンの電源は袋のなかで自動的にオンになり、わたしの中学時代にはまだ存在していなかったグーグルアースの航空写真が画面に表示される。わたしたちの中学を上空から映した航空写真の東側渡り廊下部分には、今もなお想像された幼いわたしがいることが針で刺したような小さな点として確認できる。写真を見ると分かるのだが、わたしたちの中学の敷地の西の端で小さな川が途切れ、東の端で再び川が現れている。暗渠となったその川が学校の敷地の下を東西に貫いて流れているのだ。三階の教室で机に伏せって眠っているわたしの意識はその時すとんと真下へと落下していき、そして暗渠の中で目を開くのだ。

目を開いたとしても、暗渠の東側の出口と西側の出口のあたりにぼんやり広がる光以外は何も見えない。すえた匂いと流れる水音のする暗闇のなかでわたしは、今、自分の上に乗っかっているものとして中学校のグラウンドと校舎のことをイメージして、それを下から支えているような気持ちになる。いまや教師の指示は曖昧なまま事実上解かれた雰囲気で、グラウンドには既に複数の生徒たちの姿がちらほらとあり、運動部の生徒たちは倉庫から用具を取り出して練習のために運動器具の設置を始めている。わたしはそれを下から支えている。真面目に犬を探す気のなくなった教師たちが五人ほどで、下駄箱のある昇降口にいて、二人は疲れたと言って箱型の傘立てに座り、三人は立って刺股を持ったまま、さすがにこれは大袈裟すぎたと苦笑いし、気の抜けた雑談を交わしている。わたしはそれを下から支えている。蓋もなく靴が剝き出しのまま入れられている下駄箱の、そこにある全員分の上履きと靴が、誰にも見られたことのない犬のイタズラによって上と下とがひっくり返されて靴底が上を向いているが、教師たちはそれに気づいていない。わたしはそれを下から支えている。海側と山側、南北二つの四階建ての校舎に挟まれた中庭には池があり、池の中央の巨大なキノコ型の石の頭から水がちょろちょろ流れ、生徒たちはそれをチンコ岩と呼ぶが、校舎の西側には柔道場とプールが、東側には体育館があり、体育館のさらに東にはテニスコートがある。わたしはそれを下から支えている。イメージのない犬と散々遊んだ東側の渡り廊下にいる想像された幼いわたしは、犬に飽きてしまっていて、想像されたわたしによって想像された積み木を、積み上げては壊す遊びに夢中で、鼻先で突いてちょっかいを出してくるイメージのない犬を邪険に手で払いのけ、その上空を海から山へと帰っていくカラスの群れがガアガアと喚きながら通り過ぎていく。わたしはそれを下から支えている。山側校舎と裏門との間には、自転車通学の生徒のための駐輪場があり、わたしの自転車もそこに置かれているが、二つの校舎で遮られているとはいえ、体育の授業で一時間外にいるだけで髪がべとつくような潮風に晒されつづける駐輪場の自転車は、一年もすればサビが目立つようになる。やがてサビでカギが使えなくなり、四桁の数字を合わせて解錠するチェーンロックを買うことになる。わたしはそれを下から支えている。海側校舎三階の教室で相変わらずわたしは机に突っ伏して眠ったままだし、巾着袋の女子生徒は自分の持つ袋の中にスマートフォンがあることを知らないままだが、彼女が家へ帰って、自分の部屋の学習机の上にカバンを置き、部屋着に着替えて、巾着袋を持ってキッチンにいき、弁当箱や箸を流しで洗い、ランチョンマットを脱衣所の洗面台の傍にある洗濯かごに入れるために袋から出す頃には、スマホは既にあるべき場所に帰っているはずなので問題はない。わたしはそれを下から支えている。生徒たちはほとんど裏門から出入りし、海側にある表門は外部からの客や業者、教職員など主に大人が出入りするのだが、その表門を出るとすぐに国道で、その先には申し訳程度の防風林があり、防波堤があり、砂浜があり、海があり、相模湾があり、太平洋があり、アメリカまでつづいている。わたしはそれを下から支えている。砂浜にはまだクレーンが横倒しになったままで、ダンボール箱に入った白いシェパードが海を見ていて、中年の夫婦がその犬を見ていて、そのすぐ近くの昨日まで海の家があったところでは今しがた四十四歳のわたしが出現したはずだ。わたしはそれを下から支えている。しかしわたしには、まだ誰からも見られたことのない犬の行方は把握できていない。この犬だけは、わたしに支えられていないようなのだ。

三階の教室のわたしが目を覚ましそうになったことで意識は暗渠からすうーっと上昇していき、その上へ引っ張られる力でわたしは諸々を持ち堪えられなくなり、わたしが下支えしていたものたちすべてが支えを失い、瓦解して崩れ落ちて消えていき、だからわたしは、新しい環境のなかでまったく別のわたしとして目を覚ます。

ふわっと浮き上がったあと、わずかな間その状態が維持され、しかしすぐに砕けるように崩れて散らばる。浮かび上がるときの軽やかな感じに反して、崩れるときの様は、それが予想外の密度と質量と力を含んでいたことを思い知らせる。どかん、と、砕けた水が白く散らばる。波打ち際では、それが時間差でいくつもいくつも重なり、繰り返される。夕方になって海岸の風が少し強くなり、波も少し荒くなっている。ダンボール箱に入った白いシェパードは今もまだずっとそれを見ている。この世界が始まってから今まで、監視カメラ以外にはまだ誰にも見られたことのない犬が、暗渠にいたわたしの傍でわたしを見ていたことをわたしは知らない。そもそも、監視カメラがまだ一般的ではなく、公立の中学に取り付けられているはずもないわたしの中学時代に、教師たちがどのようにして見えない犬の侵入を知ったのかもわたしは知らない。誰にも見られたことのない犬は、暗渠の西の出口、つまり上流の方へ向かって歩いていく。地上に出た川は、南の方へ向きを変えて入り組んだ住宅街の街路の網目の中に入り込む。いくつかの橋の下をくぐり、しばらく川を上っていくと、元々小さな川が、川というより水路と呼ぶ方がふさわしいものになっていき、平坦だった土地が少しずつ傾斜して山へ近づいていく。駅前へ向かうきつめの坂道を登りきって駅に行き着くと、駅の背後はもう坂とは言えない山がそびえている。昼間のうちは海岸や住宅街に散らばっているカラスたちは、山へ帰る前に、駅のすぐ前にある旧財閥の別荘だったが今は企業の研修所と記念館になっている大きな庭園に生い茂る木々にいったん集まってからまとまって帰る。線路をくぐるトンネルを抜けて山に入っても、しばらく住宅はつづき、誰にも見られたことのない犬は、その道の先に鮮やかなイエローのキルティング素材の巾着袋を下げて歩いている女性を見つけて、水路から山道に出る。巾着袋の女

性は、周囲の家々よりも敷地が広めの白い平屋の木造住宅が建ってい
る門の前で立ち止まり、敷地へ入って行き、犬もそれにつづく。ただ
いまと玄関を開ける女性をおかえりと迎える彼女の夫に向かって、女
性は、リモートワークだからといって不精しないで毎日ちゃんとヒゲ
を剃って、むさ苦しいんだから、と言い、夫が何か言いかけるのを聞
かず、リビングのソファーに腰を下ろし、巾着袋のなかからスマート
フォンを取り出して、中学に通う彼女の娘にラインで何かメッセージ
を送る。夫の手でよく手入れされた広い庭の隅には、女性が子供の頃
に飼っていた犬が使った犬小屋がそのまま残されているが、年季が
入っていても決して荒んだ感じにならないように気遣われているのが
わかる。

騙されない者は彷徨う

夢の中で書き続けている日記ありわたしが読めるのは永眠のあと

九螺ささら『ゆめのほとり鳥』

電話で眠りを中断させられたので今まで見ていた夢をまだ鮮明に憶えている。水平線はそれほどは遠くない。海は、彼方までの広がりよりもむしろ、目に見える範囲の狭さを感じさせる。それは行き止まりという感覚を生む。むしろ、ずっと先まで延びている海岸線と砂浜の方が圧迫感なく視線を遠くへと誘い、遠さや広がりの感覚につながる。目の前には惑星規模での大量の水があり、これより先へは進めない。水の量は恐怖を惹起する。大きな川の水面を橋の上から見るとその水の塊の量を感じて足がすくんでしまうので、下は見ないように橋をわたり切ることにしている。でも、海ではあまりに量が多すぎるので量感が消えてしまう。青の平面となった水ではあるが、その奥底に大きなうねりを宿している気配は濃厚にある。それは実感を伴う恐怖として焦点を結ぶことなく、タガの外れたとりとめのなさ、常に何かがこぼれ落ちつづけ、中味が空っぽになってもさらにこぼれ続けて果てることがないというイメージとなり、はっきり像を結ぶ恐怖よりもより恐ろしい。

背後には平坦な土地がひろがる。県を南北に横切る時、電車は一時間にわたってひたすら平坦で単調な土地をすすんでゆく。目の前にある海はその平坦な土地の終点でもあって、平坦さだけが水面へと引き継がれ、ここから先はアメリカまで水しかない。ここで進路がせき止められることによって、背中の側に得体のしれない空間が広がる。背中の側が不安になるというか、心許ない感じになる。この、背後の心許なさのなかに地元がある。

海岸にはまったく人がいなかった。いや、まったくいないのではなく、波打ち際から釣りをしている人が一人、防波堤で昼寝をしている人が一人、波打ち際にすわって海をぼんやり眺めている人が一人（すべて男性）、そして日傘をさした女性の三人組がいた。しかしそれらの人たちは、ずっと先まで視界が開けている海岸と海のひろがりのなかで米粒のようで、おおきな距離を隔ててぽつん、ぽつんといるので、まったく誰もいないよりも「人がいない感」が強くなる。海岸には仕切るものも視線を遮るものもなく、あまりにも開放的な空間であるからこそ、人が少ないと一人一人が限りなく閉ざされた感じになる。ぽつんぽつんといる人たちの間を縫うように砂浜を歩く。

歩きにくいが海岸に沿って砂浜を歩いて帰ろうと思う。こんな時期なのに夢の設定では寒いということになっていて（寒さは感じない）、海の表面がシャーベット状になって、寄せてくる波が時々盛り上がったままフリーズして、しばらくしてからバラバラッと崩れて引いてゆく。波の白く泡だった部分が花の咲いたユキヤナギのような形に固定され、それがすこし後に崩れて、海に戻ってゆく。海が凍っているところをはじめて見たな、と思う。

しばらく行くと、防波堤に座って海を見ている人物が二人いて、どちらも高校時代の同級生だった。特に親しかったということはなく、その二人の関係も希薄で、なぜ彼らが、しかもペアで夢に出てきたのかわからない。ただ、高校は海沿いにあったので、海の場面で高校の友人が出てくるのは理解できる。「あれっ」「おお」「しばらく」みたいなやりとりの後、一人がぼそっと、「オレ、会社やめたんだよね」と言うので驚くと、「いや、家業を継ぐためだから別に深刻なこととかじゃないから」と言う。いつの間にかかなり酔っている状態になっていて、彼が「ふらふらしてるけど大丈夫か、車で来てるから送っていこうか」と言う。もう一人はずっと無言で海を見ている。「いや、大丈夫、ちょうどいい酔い醒ましになるから」と別れた。

実家は、すぐ近くの川に沿って下流の方へ歩くと、だいたい四、五十分で海に着くというくらいの位置にある。実家に帰って時間があると、たいがい川沿いを下って海まで散歩する。ゆるやかに蛇行し、下流にいくにしたがって徐々に川幅が広くなり、流れがゆっくりになっていく川と河原の表情の変化の具合は、めまぐるしくもなければ、単調でもなく、のんびりと散歩するのにちょうど良い。注意深く景色を見ていても飽きることがないし、ぼんやり考えごとをしていていつの間にか辺りの表情が変わっていることに気付くのも面白い。クマザサが密生しているような河原が、徐々に広く平坦になり、ススキの生える広がりとなる。橋や線路の下をくぐり抜ける度に、風景の表情がかわる。河口に近づくとシラサギやムクドリが多くなるのだけど、いよいよ海との境目あたりになると、カラスがいきなり増える。海へ至る前の最後の橋をくぐる手前には、川の反対側に大きな駐車場のスペースが広がっていて、その広がりが海岸の広がりを予告しているようだ。最後の橋の下あたりではもうほとんど水が流れてなくて、たぷんたぷんと小さな波が岸に打ちつけ、風で軽くさざ波だっているだけの水面が、水の量感を感じさせている。川沿いを下るときのこの豊かさは、海に向かって立ったときに背後に広がる地元の平坦な平板さと矛盾する。

飛び抜けて頭のよい子供がものすごい勢いで育っている、と、電話をかけてきたあなたに向かって話し続ける。床屋で髭を剃ってもらっている時、床屋のおっさんは客のことをいとも簡単に殺すことができる。しかし、そんなことはしないだろうという「信頼」が成り立っている。とはいえ、客は床屋のおっさんの人柄をよく知った上で信頼しているわけではない。床屋のおっさんのことなど何一つ知りはしない。この信頼には根拠がないが、根拠がない信頼が根拠なく成立しているからこそ、日常生活を心やすらかに営むことができる。

この根拠のない信頼にはイメージが大きく介在している。床屋のおっさんがあまりにヤバそうな目つきをしていたら、そこで髪を切ってもらうことはないだろう。

飛び抜けて頭のよい子供がものすごい勢いで育っている。その子が何を考えているのかは、頭がよすぎるので追えない（信頼するための根拠を得ることはできない）。イメージが摑めない。そのような子供に対し、床屋のおっさんに髭を剃ってもらう時のように信頼して体を預けられるのか。重要な何かを委ねてしまうことができるのか。

眠っていたのはほんの十分くらいか。電話をかけてきたあなたに向かってなおも話し続ける。夢のなかで背中をかいた。右の手のひらをグーにして、親指だけ立てて背中にまわし、手首を支点に上下に動かす。夢の中でのその運動は、現実の身体にも作用して、右の手首が左右に動く。その動きがきっかけで目が覚める。そのとき、現実空間で右のてのひらは横たわった体の（背後にではなく）右側にある。

しかし、自分の空間感覚では、覚めてもほんの少しの間、右のてのひらは背後にある。背後にあるはずの右手首を動かしている感覚がある。背後にある右手首を動かしているはずが、体の右側にある右手首が動いていた。背後にあった「動かしている感覚」が、なぜか右側面で「動いている」。

この時、「背後にあると思っていた右のてのひらが、実は体の右側にあった」とは感じていない。背後にあったてのひらと手首、背後で動かした「動かし（運動の能動性）」が、その感覚だけを残して消え、まったく異物のようにして（入れ替えられた偽物のように）、体の右側で、まるで他人のもののような右のてのひらと手首があって、その手首が勝手に動いている。手首の動きを感じてはいるが、それを動かしている主体は自分とは思えない。

運動の能動性は背後にあり、それは消されてしまった。その代わりに、強いられた右手首の動きが右側にあり、その強制された「動かし」が身体に連結されて、眠りがさまたげられた。そのように感じた。誰かが右手を勝手に操作したせいで目が覚めたというのだ。

飛び抜けて頭のよい子供がものすごい勢いで育っているんだ、と、さらにつづけて電話の向こうから話すだろう。そのような子供に信頼して体を預けられるのか。重要な何かを預けてしまうことができるのか。夢の中で、「この夢は何度もくり返し見た」と思うことはわりとあるが、本当にその夢をくり返し見ているのか、そのたびごとに、この夢は何度もくり返し見たと「思う」別の夢を見ているのか、よく分からない。

久々に夢に祖父が出てきた。祖父が亡くなって三十年ちかい。亡くなってから十年くらいは頻繁に夢に出てきた。晩年の祖父は医者からタバコを禁じられていたが、トイレで隠れて吸っていた。隠れてと思っているのは祖父だけで、そのことを家族はみんな知っていて黙認していた（居間にかかっている賞状額の裏にタバコとライターを隠していた）。昔の実家には、和式便器のある個室と、立ってする男性用の小便器のある個室とふたつあって、男性用便器の個室には鍵がついていない。男性用個室には立ってするちょうど顔のあたりに換気用の小窓があってそこから庭が見える。この窓から見た庭をよく夢にみる。夢のなかでトイレのドアを開けると祖父がいてタバコを吸っている。祖父は昔の人にしては体が大きくがっちりしていて、顔も大きくて怖い。無口な人だったということもあって、祖父の記憶はまずその身体的な存在感として立ち上がる。狭いトイレの個室がそれを際立たせる。祖父は「ばあちゃんには言うなよ」と言う。「ああ、おじいちゃんはまだ死んだことに気づいてなくてでてきちゃっているのだな」と思うのだが気をつかってそのことを言い出せず、ただ祖父の言葉にうなずく。この「でてきちゃっている」という感じは、親しみでもあり恐怖でもあり気まずさでもある。この夢を何度もくり返し見たはずだ。

たった今見た夢はこれとは違った。子供かせいぜい十代はじめで、昔の実家で一人で留守番をしている。そこに幽霊のように祖父がいきなり現れた。幽霊といっても強い実在感がある。夢のなかでも祖父は既に亡くなっており、だから「またでてきちゃったな」と思うが、それだけで、あとはただ「いるな」と思う。この夢は祖父が確かにそこにいるという存在感だけの夢だ。ただ、祖父は本来ならばそこにいてはいけない人なのだという思いがあり、しかしそれを言い出せないという後ろめたさがある。しばらくすると祖父は用事があるといって出かけていく。入れ違うように家族が帰って来る（父とか母とかきょうだいとかではなく抽象的な「家族」だ）。家族は「またおじいちゃん来てたのか」とあきれたように言う。なぜ分かるのかと問うと、ポストに伝言が入っていたと言って、なにか言葉が書かれた紙をみせられた。

実家の台所は「お勝手」と呼ばれていた。お勝手の脇に勝手口がついていた。軽トラで流している酒屋の御用聞きの人が「こんちはーっ」とやってきて、お勝手で働く母や祖母に注文を聞く。ビールとかジュース、醤油やみりんの類は、酒屋の御用聞きが家まで届けてくれていた。勝手口の外には、ビールケースが置いてあって、飲み終わった空の瓶をそこに入れておくと、御用聞きが勝手に回収していく。会計は、月末にまとめてなされた。勝手口の三和土には風呂釜が置かれていた。風呂の火は勝手口で点けられる。風呂に入っていて湯がぬるい時、風呂のなかから「燃してーっ」と大きな声を出すと、お勝手にいる誰かが点火する。熱くなりすぎると「消してーっ」と言う。風呂と勝手口は壁一枚で隔てられているだけだが、動線的にはぐるっと一回りしないと風呂場から勝手口には行かれない。

袋の口に紐が通してあって、紐を引くと口がきゅっと閉るビニール袋に水と金魚が入っている。何故それを持っているのか分からないが、それを持って勝手口に立っている。とにかく、その金魚を袋から水槽になるべく早急に移さなくてはならない。まず水槽に水を溜めてから、袋を水槽に沈め、水槽の水の中で袋の口を開けば、金魚は空気に触れることなく水から水へと切れ目無く移行できるだろう。この金魚は、そのように大切に扱うべきものなのだ。水槽の水が外に零れてもいいように、水槽を風呂桶の中に置き、水を入れていく。だが、水槽の水は遅遅として溜まらず、ビニール袋の中の金魚は袋を破らんばかりの、袋から今にも飛び出してしまわんばかりの勢いで暴れている。この勢いで金魚が袋から飛び出して、風呂桶の底にでも落下したら死んでしまう。気が気ではない思いで手元の金魚とビニール袋を気にかけているうちに、いつの間にか水槽ばかりか風呂桶にも水がいっぱいに満たされていて、金魚の袋も自分の体も既に水の中にあり、水槽は水中に浮かんで漂っている(風呂桶は、風呂桶というスケール感のままで、体を完全にその内部に没入させている)。水はもう風呂桶からも溢れ出ているようだ。漂う水槽を摑もうと手を伸ばした隙に、袋の口が緩んだのか、金魚は袋の外に、風呂桶を満たして溢れ出ている水の中に出ていってしまう。金魚が水の流れで風呂桶の外に出て床に落ちると死んでしまう。あわてて、溢れ出る水の流れを遮るように両手で金魚を包むようにする。すると、金魚の方から顔に近づいてきて、そのまますると右の目の中に入り込んだ。その途端、口のなかから、歯が抜けるような感じでプラスチックの塊がぽろっと落ちてきて、それが手元でいくつかの部品（不思議な幾何学模様のようだ）へと崩れるようにパラパラと解かれていく。身体の中から零れた部品が崩れ落ちた。

祖母が亡くなった。一〇二歳。もう何年も入院していて、その間に「今回は覚悟して下さい」と医者から言われるような状態に何度もなり、しかしその度に奇跡的に回復し、しばらく安定するということが繰り返された。家族は、祖母の死を何度も覚悟し、そしてはぐらかされるという宙づりの数年間を過ごした。おばあちゃんはこのままずっと死なない生物なのではないかという感じさえ湧いた。祖父が亡くなった時は、前日まで普通に生活していて、朝方に倒れて、その日の夕方に逝ったのだったが。

病院は、祖母の生家のすぐ近くの小高い丘の上にあり、面会室の窓からは祖母の育った土地が見下ろせた。そして、入院前に暮らしていた実家からも近く、多くの親戚がよく見舞いに訪れ——記憶の混濁があり、誰が来ているのかはよく分かっていないようだったが——見舞いの帰りに実家に立ち寄ることも多く、容体について連絡を取り合うこともしばしばで、その意味で祖母は、親戚たちの緊密な関係を媒介する存在でもあった。長い「宙づりの時間」とは、そういう時間でもあった。
記憶の混濁もあり、一日の多くを眠って過ごしている祖母の「主観的な経験」というものが、一体どのように構成されているのかと、見舞いに行くたびに考えずにはいられなかった。オリュウノオバのことなどを考えた。病院は祖母の生まれ育った土地に建っており、紆余曲折を経て最後にそこに戻ってきたということをどの程度分かっていたのか、それは祖母の最晩年の主観的な生に影響を与えたのか。あるいは、祖母にとって時間はどういう風になっていたのか。

お通夜。斎場の離れで、祖母の遺体と一晩過ごす。遺体と一つ屋根の下にあって真夜中に一人でいるというのはなかなかない経験だろう。さすがに、あまりよく眠れなくて、何度も起きて遺体の顔を見て、お線香をあげた。十二時間持続するコイル型のお線香があるので、お線香を絶やす心配はないのだが。告別式。火葬場で、骨になった祖母を見た時には、感情的に揺さぶられるものがあった。祖母の四十九日の法要があった。祖母は、医者から「覚悟して下さい」と言われてから約二か月生きたのだが、もう食事が摂れる状態ではなかったので、水分だけで二か月生きた（ベッドの脇には、その日に摂った水分の量の記録が置かれていた）。そのためもあってか、遺体はとても小っちゃく縮んでいたし、焼いた後の骨の量も少なかった。ヨーロッパやアメリカの映画だと、深く穴を掘って棺を埋めるが、小さな骨壺が、墓の下の、石で組まれた小さな空洞に収められた。約二十五年ぶりに開かれた空洞の奥には、祖父の骨壺があった。祖母の一〇三回目の誕生日だけど、あ、今年はおばあちゃんの誕生日はないのか、と思う。法事。祖母の三回忌、そして祖父の二十七回忌。朝方の夢に、おじいちゃんとおばあちゃんが出てきた気がする。夢の詳細は憶えていない。祖母の一〇一歳の誕生日、誕生会が病院の作業室で行われた。明日は祖母の誕生日で、祖母は明日で百歳になる。日曜日である今日、祖母の子供や孫が集まってお祝いの会をした。祖母自身に、百歳になったということがどのくらい理解できているかはよく分からない。どういう人たちが集まっている会なのかを理解しているかどうかもよく分からない。きょとんとして座っている。写真をたくさん撮られる。祖母はこのような場ではいつも、「鞭声粛粛夜河を渡る……」と詩吟を披露する。それは今も正確に歌うことができる。祖母の九十九歳の誕生日。白寿のお祝いをした。祖母はあと二年生きれば百歳になる。しかし、一年半くらい前に倒れてからずっと入院している。左半身が麻痺して動かないことと、記憶がかなり混濁しているからだ。しかしそれ以外はきわめて元気であり、顔色や肌艶の良さは驚くほどだ。記憶の混濁はその時の調子によってかなり変動がある。少し前に弟が面会に行った時は、弟のことも、弟夫婦に子供が生まれたことも正確に把握しているようで、話も普通にかみ合っていたそうだ。病院は丘の上にある。車いすで病室から出て、窓が横にひろくひろがって辺りが見渡せる談話室に移動する。しかし、車いすの祖母の視点からはおそらく空しか見えていない。談話室で祖母の視点をあと二十センチ高くするにはどうすればいいのかが目下の課題だ。そこで話している時、祖母が突然、何かを思い出したというか、何か意外なものを見出して驚くような、高揚したというか、華やいだ表情を浮かべた。そして、祖父との思い出を語り始めた。面会が終わって帰るまで、ほぼずっと「おとうさんは……」という言い方で祖父について話しつづけていた。祖母のする祖父の話は、いくつかの記憶が混じり合っていたりして必ずしも正確なものではないのだが、祖母のなかで再生され語り直されたその記憶の感触によって、その場にいた者たちが改めて祖父の存在を思い起こす風だった。帰り道で母が、入院してから今まで、おじいちゃんの話をしたことはなかったのに、と言ったのに対し、お盆だからじゃない、と返した。でも、おばあちゃんは、今がお盆だと分かってないから、と母。言いたかったのはそういうことではないのだが、上手く通じるか分からないし、口にするとわざとらしい気がしてそれ以上は言わなかった。「お盆だから」というのは、「そこ」に祖父が「いた」からじゃないか、ということなのだ。

一年ぶりに八王子に行った。八王子には二十五年近く住んでいた。駅に降りた途端に、この一年が消えたというか、土地への近さの感覚がおかしくなって、ほんの数日の間実家に行っていて戻ってきたみたいな感じになった。ここにいるのが当たり前のようだ。散歩の時にちょくちょく寄っていた古本屋を覗いてみたのだけど、つい二、三日前にも来ていたみたい。ただ、駅から放射状道路を通って美術館まで歩きながら、「ここ」にいた時は毎日やたらと歩いていたのだということを体が思い出した。ほんとうにやたらと、時間さえあれば（そして時間はわりとあるのだ）歩いていた。最近はあまり歩いていない。歩きながら、この感覚のずれだけが、今、ここには住んでいないことのわずかな徴のように感じていた。最近あまり歩かなくなったのは、今住んでいる地元の辺りが、歩き回ってもあまり面白くない地形だからだ。

地元といっても不思議に縁のない区域があって、それは例えば、小中学生の時にたまたまそのあたりに友達の家がなくて、訪れる機会がなかったりすると、地元で土地勘があるとわざわざ地図などを見る機会も少ないからこそ、頭のなかの空間的ひろがりでその部分は欠落したままとなる。そうなると、散歩をしていても無意識にそこが避けられていたりする。地元には、育ってきた来歴も、土地のひろがりのなかに(欠落という形で)埋め込まれている。

地名としては親しみがあっても、その地名がだいたいどこらへんにあるのかイメージしようとすると、頭のなかにひろがる地形のどこにも収まるところがないことがある。小中学生の頃に、その地名をもつ場所から通ってくる同級生を知っていたとしても、その家に遊びに行くというまで親しくはなかったとすると、その土地は地名だけが親しいもので、位置としては、だいたいその同級生が帰ってゆく方角の延長線上のどこかだろうというような、茫洋としたイメージしかなかったりする。だいたいここらあたりだろうという当たりをつけることは出来ても、その「ここらあたり」は、空間の座標自体が歪んでいて、空白が他の空白ではない地帯とどう繫がるのかという関係がうまくイメージできない。

そういう地名をいくつかイメージして、今日はその地名の方へ向かって散歩してみようと思った。あの地名は確かこっちの方角だという方へとずんずん歩いてゆくと、見慣れない、「地元」という空気とはやや異なる風景がひろがる地帯に出くわすことが出来た。町内掲示板があったので確認すると、確かにイメージしていた地名がそこに書き込まれている。実家から歩いてもおそらく二十数分くらいでたどり着けるであろう場所に、ほとんど未知であるような風景があることが不思議なのだが、そのあたりをしばらくぶらぶらしていると、今、歩いているのがどこか分からなくなる。

今、歩いているところが、今、住んでいる地元に繫がっている土地なのか、前に住んでいた八王子のあたりと繫がっている土地なのか、あるいは全然別の場所を歩いているのか、少しの間、分からなくなってくる。確かあの角を曲がるとこんな風景だったはずだと思いつき、次の瞬間、いや、あれは八王子のあの場所の風景だったはずではないかと思い直す。あるいは、唐突にある空間的なイメージとそこを歩いている自分という記憶がよみがえるのだが、それが一体「どこ」であったのか（別の「どこ」に繫がっていた風景なのか）が、思い出せない。頭のなかの空間のなだらかに繫がる繫がりの配置が混乱してしまう。道に迷うという感じに似ているがちょっと違う。

　頭を洗っていると、自分の頭蓋骨を意識する、と、あなたの声は依然として話しつづけている。両方の手の十本の指の腹で頭をぎゅっきゅっと押すように地肌を洗うと、指に感じるその抵抗から、写真や模型で見た頭蓋骨のイメージが頭に浮かび、それに今、自分は触れているのだと感じ、そして今触れているその骸骨がこの皮膚の下に、つまりほかでもない自分の内部にあるのだと感じ、自分の外にあるイメージが自分の内部にあって、それがまさに「自分」で、それをまるで他人のものみたいに今触れていると思うと、とても奇妙な気持ちになるのだ、と。

　ローラ・ダーンとニコラス・ケイジが、天井の高い、古いジャズを演奏する酒場にいるんだよ。演奏には、ミュートトランペットの音も混じっている。ふいに、ミュートをつけたトランペットと非常に近い音に加工された声で、男が二人に話しかける声が聞こえてくる。演奏される曲のなかの一つの楽器の音と最初見分けがつかないような音が、人の声で、言葉であることが、徐々に分かってくる。言葉を、言葉を処理するのとは違ったやり方で、脳の違った場所に流し込まれたような。

今、眠っているのを自覚している。夢のなかで腹の上にある左手を右手で触れる。しかし、実際には左腕を挙げるような姿勢で寝ているので左手は枕元にあり腹の上にはない。だが夢の右手は確かに腹の上にある左手を感じている。実は、右腕も挙げるようにしているので右手も枕の右脇にあって、腹の上にはない。そこにはない左手を、そこにはない右手で触れている。そう感じた時、誰か他人の手がそこにはないはずの左手と右手を強く摑んでぐいっと引っ張るのだ。そこにはない右手と左手が摑まれていることで、実際に枕の脇にある左手と右手を動かすことができない。金縛り状態で声が聞こえてくる。

ハリー・ディーン・スタントンがホテルの部屋でテレビを観ている。何匹かの犬かオオカミが、一個の肉塊を取り合うようにして嚙み引きちぎっている粒子の粗い映像だ。それを観るハリー・ディーン・スタントンが、ふいに犬のように吠える。するとそこに、顔じゅうを口紅で真っ赤に塗った女から電話がかかってくる。女は何故か異様に興奮し、取り乱している。興奮する女の話を、ハリー・ディーン・スタントンがなだめるような調子で聞く。まるで、テレビの粗い画面のなかで犬たちが感じている肉の味や匂い、それが喚起する興奮が、テレビを観るハリー・ディーン・スタントンに侵入して彼を吠えさせ、その声の波動が遠くの女のもとまで届いて、女の顔を赤く染め、興奮させているかのようだ。ハリー・ディーン・スタントンは、吠える声－息によってその波動を身体のなかを一瞬通り抜けさせるのみだが、女はそれを身体内部で受けとめ停留させて蓄積することで顔を赤くし、興奮やうろたえを彼の元へと再び返すように電話をかける。吠える声－息は無媒介に女まで届くが、女の声は電話回線という迂回路を通じて、遠いかすかな声としてかえってくる。それは既に画面の犬たちからは切り離されている。

（今、白と茶色の斑の大型犬が川原を疾走しているのが見える。シラサギが空から降りてきて川のなかに立つ。ジーパンにポロシャツにジャンパーでリュックを背負っているジョギングらしからぬ格好で走ってくる男がいて、誰かに追われて

いるのかと思ったがたんに走っているだけのようだ）
「犬も歩けば棒に当たる」ということわざの妥当性を判断する時、二つの問題があるように思う、と、声がつづける。一つは、（「図」として把握しにくい）歩いても「棒に当たらなかった」ケースの印象は残りにくく、図として思い浮かべやすい「棒に当たった」方の記憶のみを強く意識するので、実際に棒に当たった確率よりも高い確率で当たったような印象をもつということ。もう一つは、歩いたことによって棒に当たった確率だけではなく、歩かなかったことによって棒に当たった確率をみて、その二つを比較しなければこのことわざの妥当性は判断できないが、固有の一匹の犬は、往々にして、歩き回る傾向にある犬と、歩かない傾向にある犬という風に性質が分かれるので、「ある固有の犬」という特定の視点におけるデータだけでは、「犬も歩けば棒に当たる」と「果報は寝て待て」のどちらが正しいかの判断を得ることが難しい、ということ。

（川縁を散歩していて、自分の人生は川縁を散歩するばかりだ、川縁を散歩すること以外なにもしていないのではないか、と思う）

サイコロを振って「一」の出る確率は六分の一であり、例えば一億回振ってみれば、ほぼ正確に六分の一となるだろう。しかしもっと少ない回数、例えば十回しか振らないとすれば、もしかすると三分の一以上の高い確率で「一」が出るかもしれないし、一度も出ないかもしれない。

もし、その「十回振る」という限定（フレーム）を一つの視点、一度きりの人生とするならば、「一」が三分の一の確率で出た人にとって、この世界は「一が出やすい傾向をもつ世界」として経験され、生きられるだろう。「一、三、一、二、六、四、一、一、五、二」という目の出た「わたし」と、「六、五、三、四、六、二、三、五、六、五」と出た「わたし」とでは、「トータルではすべての目が等しく六分の一の確率で出る世界」を、まったく別の傾向や特色をもつ世界として経験するだろう。このような、サンプル数の限定によって生まれる「偏り」が「わたしの固有性」だと考えられる。

祖父は、傘寿をむかえる直前に亡くなった。前日まで元気だったが、朝方に家で倒れて救急車で病院に運ばれ、昼頃に一度良くなって家族を安心させたが、午後に容態が急変し、夕方に亡くなって、夜には葬儀屋によってきれいになった遺体が家に帰ってきた。朝までは（生きて）眠っていたその同じ布団に、その日の夜には遺体となって横たわった。通夜も葬儀も斎場ではなく実家で行ったので、出棺までの三、四日くらい、遺体は「ウチの中」にあって、遺体と共に暮らした。その家も、建て替えるために取り壊されてから十年を越えた。通夜は翌日（だったか翌々日）なので、その日はそのまま棺桶には入らず、祖父と祖母がいつも寝ている部屋に遺体が置かれた。祖母は、いつもそうしているように、祖父の遺体の横に布団を敷いてそこで眠った。今朝までのおそらく六十年以上隣りで生きて眠っていた人が、今は遺体となってそこにいる。この一晩（もしかしたら二晩）を、おばあちゃんはどういう気持ちで過ごしたのだろうかと想像してみようとするが計り知れない。

祖父が亡くなる前にも、家には仏壇があったし、家の近所にお墓もあった。それは漠然としたご先祖様としてあったのだが、祖父の死後、そこは「おじいちゃん」のいる場所になった。お墓の横には、墓誌として祖父以外にもふたつの戒名が刻まれているから、お骨も祖父だけのものがそこにあるわけではないし、仏壇は特定の誰かの場所ではなく「仏さん」と呼ばれる先祖一般のいる場所だった。だが、祖父の死後、祖母にとってもそこはおじいちゃんのいる場所で、例えば、祖母は食事の前に必ず「おとうさんの分」として、食べ物を仏壇にお供えして手を合わせ、その後で、供えたものを自分で食べる。

今は真夜中で、たった一人で家で留守番をしている。とても心細い。家族（祖父、祖母、父、母、妹、弟、叔父、叔母）はまだ、入院している誰かの付添いでみんな病院につめているから明日の朝まで一人だ。強がって、一人でも大丈夫だなどと言って病院から帰ってこなければよかったと後悔している。何に意地を張っていたのかもう思い出せない。建て直したので今はもうない前の実家の薄暗い奥の六畳間にいる。仕切りの障子は開けてあるので隣の十畳の応接間とその先の八畳間まで繋がっていて、ここ以外の部屋の明かりは消えているが真っ暗ではなく、がらんとした広さが感じられる程度の光が射している。炬燵に入って、時間をやり過ごすためにパラパラめくっていた科学雑誌に付録としてついている実験キットが目に付いた。説明書きを読むのは面倒なので、適当に、緑色のプラスチック製のバケツに水を入れ、雑誌に添付された袋に入った黄粉のような粉を流し入れてかき回してみる。しばらくすると、糸くずくらいの小さな魚が二、三匹あらわれ、水のなかでかすかに動く。それをじっと見る。しかし、その後しばらく経っても、二、三匹が五、六匹になるという程度の変化しかないし、魚たちの動きも地味なのですぐに飽きてしまう。飽きるとまた心細さがやってくる。戸を開けて外を見る。部屋の明かりは縁側までしか届かず、その先の庭は闇だ。隣の家の明かりも点いていない。街灯の光がやけに明るいがその周囲以外は真っ暗で、街灯に照らされたポスターの赤い色がやけに生々しく迫ってくる。闇が壁のように立ちはだかって、外よりがらんとした家のなかの方が広く感じられるくらいだ。誰か一人でも、自分を気遣って病院から帰ってこないものだろうかと思う。ふと見ると、バケツのなかは水がほとんどなくなって、シラス大にまで成長した魚が増殖してみっしりいて、うにょうにょと動いている。しかも、シラス大の魚はまだどんどんカサを増しているようなのだ。頼れる大人は誰もいないのにうかつなことをしてしまったと後悔するが、どうすればよいのかさっぱり分からない。なるべくそちらを見ないようにする。しばらくすると、バケツからシャーッという音が聞こえてきて、炭酸のような泡が湧き上がってきた。これはまずいと思い、バケツを抱えて庭に出ようと駆けだしたのだが既に遅く、膨張した「それ」はパンと音を立てて破裂し、薄暗い部屋中に無数のシラス大の魚が散らばってしまった。片づけようにも、暗いので隅々まできれいにするのは無理だ。炬燵布団の上でうにょうにょ動く魚たち。途方に暮れてしまう。

祖母は入院してしまって今は実家にいないのだが、正月に実家に帰った時は元気で家にいた。祖母の部屋はリビングから引き戸一枚隔てたところにある。祖母の部屋にあるテレビは長く使っている古いブラウン管式で、アナログ放送を受信する。リビングのテレビは比較的新しいもので地デジに対応している。地デジ放送にはタイムラグがあり、時間に正確なアナログ放送よりも零点何秒か遅れる。

祖母が自分の部屋に戻って（耳が遠いので）かなりの音量でテレビを観ていて、それと同じ局の番組をリビングで観ていると、祖母の部屋から漏れてくる音が先に聞こえて、それにつづいて、やや遅れて目の前のテレビから画面と同期した音が聞こえてくる。まるで、こだまが前倒しで聞こえてくるというか、残像が実像に先立ってやってくるようだ。いや、目の前の人が喋ることを一瞬はやく予感出来て、その予感通りに現在が遅れてやってくる感じという方が正確だろうか。飛び抜けて頭のよい子供がものすごい勢いで育っている。その子が何を考えているのかは、頭がよすぎるので追えない（信頼するための根拠を得ることはできない）。そのような子供に対し、信頼して体を預けられるのか。重要な何かを預けてしまうことができるのか。

子供は頭がよいだけでなくきわめて敏感でもあり、しばらく観察するだけでこちらの動きの癖を正確に見抜くだろう。たとえば、右腕を挙げて後頭部をかく仕草をする直前に、左肩を軽く左に倒す癖があるとする。その癖を見抜いた目の前の子供は、こちらが右腕を挙げるよりも一手速く、左腕を挙げて後頭部をかくという、鏡像的に反転した仕草を行うとする。それに一拍遅れて右腕を挙げる「わたし」は、自分が後頭部をかくという運動の原因が、自分にではなく目の前にある鏡像の方にあると錯覚するだろう。これに限らず、あらゆる事柄にかんして子供は「わたし」の一手先をいき、「わたし」は子供に対して常に一歩遅れることになる。前倒しのこだま。いや、それは錯覚ではない。「わたし」の現在は子供の過去なのだから、「わたし」こそが子供のこだまだ。この時、「わたし」は「わたし」ではなく、「あなた」の鏡像へと降格し、「あなた」こそが「わたし」となり、「わたし」は「あなた」になるのだと、電話の向こうでわたしが話し続けている。

本書収録の作品はいずれも連作「トポロジーと具体物」として執筆された。初出は以下の通り。

「ふたつの入り口」が与えられたとせよ　「群像」二〇一一年四月号

ライオンと無限ホチキス　「群像」二〇一二年四月号

セザンヌの犬　「群像」二〇一二年一一月号

グリーンスリーブス・レッドシューズ　「群像」二〇一三年八月号

ライオンは寝ている　「早稲田文学」二〇二一年秋号

右利きと左利きの耳　書き下ろし

騙されない者は彷徨う　「文学ムック　ことばと　vol. 5　特集＝ことばとわたし」二〇二二年四月

※「偽日記」（https://furuyatoshihiro.hatenablog.com）からサンプリングして構成

古谷利裕 Toshihiro Furuya

一九六七年生まれ。画家、評論家。一九九三年東京造形大学卒業後、画家として二〇〇二年「VOCA展」(東京)、二〇〇四年「韓国国際アートフェア・日本現代美術特別展」(ソウル)、二〇〇八年「組立」(埼玉)、二〇一一年「第九回アートプログラム青梅」(東京)、二〇一五年「人体/動き/キャラクター」(東京)など、各所で活躍。評論家としても、美術・小説・映画・アニメなど特定のジャンルに限らない活動を展開。『世界へと滲み出す脳』(青土社、二〇〇八年)、『人はある日とつぜん小説家になる』(青土社、二〇〇九年)、『虚構世界はなぜ必要か? SFアニメ「超」考察』(勁草書房、二〇一八年)など多数の著書が刊行されているほか、二〇一〇年〜二〇一九年には「東京新聞」美術評を、二〇二〇年には「文學界」新人小説月評を担当。

一九九九年一一月には、自身のホームページにて「偽日記」を開始。以降「はてなブログ」への移転を挟みつつ二四年以上にわたって連日更新されている同ページは、ひとりのアーティストの長期的な日記として、また日本の芸術・思想の特異なアーカイブとして、小説家・保坂和志をはじめ多くの人々から高く評価されている。近年は、「社会的チートの撲滅&死の恐怖からの非宗教的解放」をテーマとする集団「VECTION」の主要メンバーとしても活動。

二〇二四年一月からは連続講座「未だ充分に尽くされていない「近代絵画」の可能性について」(おさらいとみらい)」を、六月には個展「bilocation/dislocation」(東京)を、それぞれ開催(いずれも制作集団・出版版元「いぬのせなか座」と劇団「Dr. Holiday Laboratory」による共同企画)。本小説集はこれらと関連して企画・制作された。

小説集

セザンヌの犬

古谷利裕

いぬのせなか座叢書7

発行 いぬのせなか座
http://inunosenakaza.com
reneweddistances@gmail.com

編集 山本浩貴（いぬのせなか座）
企画・編集協力 山本ジャスティン伊等（Dr. Holiday Laboratory）
装画 古谷利裕
装釘・本文レイアウト 山本浩貴＋h（いぬのせなか座）
印刷・製本 シナノ印刷株式会社
発行日 二〇二四年六月一七日

落丁・乱丁本はお取替えいたします。

ISBN978-4-911308-07-3 C0093